# 拾穗小札

肖复兴 著

作家出版社

图书在版编目（CIP）数据

拾穗小札 / 肖复兴著. -- 北京：作家出版社，2023.11
ISBN 978 - 7 - 5212 - 2493 - 1

Ⅰ.①拾… Ⅱ.①肖… Ⅲ.①散文集 - 中国 - 当代
Ⅳ.①I267

中国国家版本馆 CIP 数据核字（2023）第 170143 号

**拾穗小札**

作　　者：肖复兴
插　　图：肖复兴
责任编辑：赵　超
装帧设计：张晓光
出版发行：作家出版社有限公司
社　　址：北京农展馆南里 10 号　　　邮　　编：100125
电话传真：86 - 10 - 65067186（发行中心及邮购部）
　　　　　86 - 10 - 65004079（总编室）
E - mail: zuojia@zuojia. net. cn
http: // www. zuojiachubanshe. com
印　　刷：北京新华印刷有限公司
成品尺寸：130 × 185
字　　数：188 千
印　　张：10　　　　插图：40
版　　次：2023 年 11 月第 1 版
印　　次：2023 年 11 月第 1 次印刷
ISBN 978 - 7 - 5212 - 2493 - 1
定　　价：58.00 元

目　录　|　卷一　树的回忆

卷一：树的回忆

这样的树，把最深沉的情感埋在根底，

永远不会和大都市用旋转喷水龙头浇灌的树，

豪华宴会厅中被修剪得平整犹如女人刚烫染过发的树雷同。

Tuxing 2009. 4. 22.

# 严峻日子里的女友

契诃夫在他的剧本《万尼亚舅舅》里，借医生阿斯特罗夫的口，一再表达他自己的这种思想：森林能够教会人们领悟美好的事物；森林是我们人类的美学老师。

契诃夫的后辈，巴乌斯托夫斯基在他的小说《森林的故事》里，将契诃夫这一思想阐释得更为淋漓尽致，他说："我们可以看到森林淋漓尽致地表现了庄严的美丽和自然界的雄伟，那美丽和雄伟还带有几分神秘色彩。这给森林添上特别的魅力，在我们的森林深处产生着诗的真正的珠宝。"

他还曾借用普希金的诗，说森林是"我们严峻日子里的女友"。

他还说："人们到大自然中去，通常是去休息，我却认为，人必须经常生活在大自然中。"他认为，在这里，"我特别强烈地感觉到人和大自然的友谊。"说这番话的时候，是第一次世界大战之后，他从战场上重返莫斯科，在农学院附近的一座公园里，面对阔别的森林，他又发出这样的感慨："大自然也受到了战争的打击……因此，对它的爱也变得更加强烈，愈来愈让人心痛了。"

如今的我们，经历疫情三年了，漫长的日子里，经历了与各种变异病毒的纠缠磨折，似乎才明白了巴乌斯托夫斯基话的含义，仿佛这话就是对今天而言。心痛的感觉，是一样的。

巴乌斯托夫斯基面对的是第一次世界大战后的创伤，我们则面对的是疫情一直还在全世界的肆意蔓延，所经历的痛苦和磨折以及考验，大同小异。他所说的森林与人的这种友谊，更多来自大自然对人的抚慰作用。这是大自然给予人类独特的赐予。

对比大自然，人类是渺小的，是需要抚慰的。

也许，只有森林覆盖率达到百分之三十以上国家里的人们，才会和森林有着那样密切彻骨的关系，才会对森林产生那样发自心底的向往和崇敬。

森林很少而且越来越少的我们，离美也就越来越远。对于森林，我们更看重的，是它的实用价值，最好是被伐下的木头，直接变成我们的房子和家具。我们严峻日子里的女友，也就变成了灯红酒绿时分风情万种的女人。痛苦打击后森林给予我们的友谊，我们也容易撂爪就忘。

# 树的语言

我常常想起完达山。尽管只进过两次山，其中一次是伐木。在北大荒的时候，只要天气好，我几乎天天可以望见完达山，它好像离我并不远，但望山跑死马呀。渴望进山看看，是那时不止我一个人的愿望。

伐木是冬天，我们坐着爬犁去的，几匹马拉着，爬犁飞快地跑着，可以和汽车比赛，雪地上飞起飞落着小巧玲珑的雪燕，那情景有些像童话，仿佛我们要赶去参加森林女王举办的什么舞会。

对于森林，对于树木，我从来都有一种童话般的感觉。它们都是有生命的，这是不用说的了，它们的生命都刻进它们的年轮里。只是它们不会说话，虽然风吹过时，它们的树叶也会飒飒地响，夜晚会荡漾起山呼海啸般的林涛。但是，它们如果真的成了精，像人一样喋喋不休地会说话了，还会有今天对于我这样童话般的感觉吗？我相信是没有了。森林的美，是无言的美。

有时候，看见它们尽情地摇摆着枝叶的样子，总让我想起聋哑人的手语，尽管他们说不出话来，但那无限丰富的表情与表达，一点也不亚于我们会说话的语言，他们在手指间，在带动的整个手臂的舞动中，多么像是风中树木摇曳多姿的枝条。

　　我相信那就是树的语言。

天长一隅　　　RuxinG　　　2021.4.6.

# 黄檗罗

　　在北大荒的七星河畔，有一片原始的林子，那里林深草密，杂树丛生。它什么时候就生在那里了，谁也说不清，老人只是说闹日本鬼子时期，那里因为林子密实就有土匪出没了。

　　到北大荒第一年夏天，正赶上麦收，队里给每个新来的知青发了一个镰刀头，却没有发镰刀把。队上的一个老农对我说："走，我带你找个把儿去！"我跟着他第一次走进这片林子里。在一棵高有十几米的大树前，他用刀砍下一根枝子，恰到好处有个弧度，他随波就弯，用刀子削了削，递给我说："看合不合适？"握在手里，还真合适。它的树皮很厚、很柔软，剥去表皮，木栓层那种鲜黄的颜色，让我的眼睛一亮，我还从来没有见过这样黄得灿烂如金的树木。中间的木质部分，依然是黄色。只是淡了一些，不过那种柠檬一般的黄色，让人感到是那样清新而纯净。

　　这就是黄檗罗。我第一次见到它。

　　这是我特别喜欢的一种树。它在 5 月春末的时候开花，黄绿色，并不起眼，但到了冬天，万木凋零，一片大雪皑皑，它那种鲜亮的黄色，真是跳跃得格外明目养眼。

那把用它做的镰刀把，一直在我手里用，镰刀头换了好几个，镰刀把却一直没舍得丢。

我从北大荒调回北京的时候，找了好几块两米多长的黄檗罗的板子，带回北京做了一张写字台。虽然式样老了些，但结实、不变形，我敢说满北京城再找不到这样一张用黄檗罗做的写字台。

写字台有黄檗罗树的影子，黄檗罗在写字台上还魂。我把它带到了北京。

# 椴 树

椴树，在北大荒常见。夏天，椴树开满一树小白花，在阳光的照射下，满树像是披挂上细碎的银片，风吹来，枝条上飞满闪闪发光的小精灵，带动得树都要飞起来似的。如果是一棵一棵的椴树连成了一片的林子，遮天蔽日的白花飞舞，那种轻舞飞扬的样子，更是壮观。那是椴树一年四季最丰满最辉煌的时候。

这时候，北大荒的老乡们，常常会放蜂群，到树林子去采椴树蜜。椴树的花不香，蜜却很甜。而且有股子独特的清新味。可以说，椴树蜜是北大荒的一大特产。夏天，老乡常常用椴树蜜冲水，把瓶子吊进井水里，是那时"冰镇"的土法子。收工后，我们常常去井边，偷喝一瓶子这样的椴树蜜水，那是那时我们的"可口可乐"。

1982 年的夏天，我大学毕业，专程回了一趟北大荒。在我们队里的烘炉前，见到的第一个人是烘炉的老孙，他把手里的活交给徒弟，一把拉着我的手到了他家，赶紧叫他的老婆给我拿水喝。他老婆端上来一瓶子水，还没喝，一股子清香味就从瓶口溢了出来，瓶子的清凉已经从我的手心渗进我的心里。

是刚刚从井里打上来的椵树蜜水。在北大荒，第一次喝这样的椵树蜜水，就是在老孙家喝到的。

几十年过去了，再也没喝过这样的椵树蜜水，也再没见过椵树。

# 柞 树

在北大荒冬天里看柞树，非常漂亮。

几乎所有树上的叶子都掉得光秃秃了，只有它的树上还会飘着叶子，哪怕剩下仅仅单薄的几片，任再寒冷的朔风怎么吹，摇摇晃晃，摇摇晃晃，就是不肯落下枝头。那种顽强的劲儿，总让我忍不住想起在电影《保尔·柯察金》里看到的保尔，在朱赫来的一次次拳击下倒地、一次次摇摇晃晃地爬起来，接着再打的样子。这是只有那个时代才会涌起的联想和比喻。

柞树的叶子火红火红的，在平常的日子里，它不显得特别红，但到了下雪天，它就像经过了化学反应似的，一下子红得耀眼，像是蹿起来的一团团炽烈的火苗；像和风狂吹乱舞的雪花尽情调情中，而禁不住抖动着自己的身段，与雪花共舞一场《卡门》里的斗牛士之歌——当然，这是现在的联想和比喻。

在那时远离北京而格外想家的日子里，我们常常把它当成香山的红叶，和东来顺的涮羊肉、稻乡村的芙蓉饼、信远斋的秋梨膏、六必居的八宝酱瓜之类搅和一起，来一番精神会餐，进行自我安慰。

如今，它成为了我们青春的一种象征，我们回忆的一抹色彩。香山的红叶，不属于我们，它属于北京，属于幻想。柞树的红叶，它属于北大荒，属于我们。

碧云寺即景 Fuxing    2022.10.15

# 白桦林

大雪时分，看白桦林，最漂亮。雪没了树干老深，像是高挑而秀气的一条条美腿穿上了雪白的高筒靴。一片皑皑的雪，是一面晶莹的镜子，映衬得白桦林更加洁白，仪态万千。映在雪上白桦林的影子，比树本身还长，还婀娜多姿。

开春，是我最爱到白桦林去的季节。用小刀割开白桦树的树皮，会从里面滴下来白桦的汁液，露珠一样格外清凉、清新。

秋天到林子里去，能见到斑驳脱落的白桦树皮，可以一层层地撕下来，纸一样地薄，似乎吹弹可破。但它韧性很强，而且雪一样地白，沾上一层霜似的，绒乎乎的，特别可爱。用它们来做过年的贺卡最别致。只是那时我们谁也没想到。那时也不流行贺年卡。

后来看普列什文的《林中水滴》，他描写雪中的白桦林时忍不住问："它们为什么不说话？是见到我害羞吗？""雪花落了下来，才仿佛听见簌簌声，似乎是它们奇异的身影在喁喁私语"—— 便想起北大荒的白桦林，仿佛听到了白桦林的喁喁私语。

有些树木是难以入画的。曾经看过列维坦画的一幅《白桦丛》的油画，有人说他画得很美，我觉得并不那么好看。因为画的枝干瘦小、枝叶低垂，没有北大荒那种高大、粗壮、枝叶钻天带给我们的野性，和那种树皮雪白的独特带给我们的清纯与回忆。

# 胡杨林

　　塔里木河两岸，各自纵深四十余公里，是胡杨的领地。前后一片绿色，与包围着它的浓重的浑黄，做着动人心魄的对比。

　　看见这样的树，其他的树都太孱弱渺小了。都说银杏树古老，一树金黄的小扇子，扇着不尽的悠悠古风，能比得上胡杨吗？一亿三千五百万年前，胡杨就生存在这个地球上了。

　　都说松柏苍翠，经风霜不凋如叶针般坚贞不屈，能比得上胡杨吗？胡杨不畏严寒酷暑，不怕风沙干旱，活着不死一千年，死后不倒一千年，倒地不烂又一千年。松柏抵得上它这三千年如此顽强的生命力和宁折不弯、宁死不朽的性格吗？

　　更不要说纤纤如丝摇弯了腰枝的杨柳，一抹胭脂红取媚于春风的桃李，不敢见一片冰冷雪花的柠檬桉，不能离开温柔水乡的老榕树……

　　胡杨！只有胡杨挺立在塔里木河河畔，四十公里方阵一般，横空出世，威风凛凛。无风时，它们在阳光下岿然不动，肃穆超然犹如静祥，仪态万千犹如根雕——世上永远难以匹敌的如此巨大苍莽而诡谲的根雕。它们静观世上风云变化，日落日出，将无限心事埋在心底。它们每一棵树都是一首经得住咀嚼的无言诗。

劲风掠过时，它们纷披的枝条抖动着，如同金戈铁马呼啸而来，如同惊涛骇浪翻卷而去。它们狂放不羁地啸叫，它们让世界看到的是男儿心是英雄气是泼墨如云的大手笔，是世上穿戴越来越花哨却越来越难遮掩单薄的人们所久违的一种力量，一种精神！

远处望去，它们显得粗糙，近乎凡·高笔下的矿工速写和罗中立笔下的父亲皱纹斑斑的脸。但它们都苍浑而凝重，遒劲而突兀，每一棵树都犹如从奥林匹亚山擎着火把向你奔来的古希腊男子汉。

走近处看，每一棵树的树皮都皲裂着粗粗大大的口子，那是岁月的标记，是风沙的纪念，如同漂洋过海探险归来的航船，桅杆和帆上挂满千疮百孔，每一处疤痕都是一枚携风挟雷的奖章。每一棵树的树干都扭曲着，如同剽悍的弓箭手拉开强劲的弓弩，绷开一身赤铜色凸起饱绽的肌肉。每一棵的树枝都旋风般直指天空，如同喷吐出的蛇芯，摇曳升腾的绿色火焰。

这样的树，饱经沧桑，参悟人生。它们把最深沉的情感埋在根底，把最坚定的信念写在枝条，把要倾吐的一切付与飞沙走石与日月星辰。这样的树，永远不会和大都市用旋转喷水龙头浇灌的树、豪华宴会厅中被修剪得平整犹如女人刚烫染过发的树雷同。

这种树，北京没有。

# 树在河边

　　树在河边，比树在路旁让人感到合适。

　　树在路旁，是为他人而活着的。树为他人遮荫，树为他人排队，树为他人开花，树为他人披挂上满身节日的彩灯闪烁。

　　树在河边，是为自己而活着的。河水里有树的影子，并不是为了顾影自怜，而是写着自己的心事与心情；河水荡漾起涟漪，把树写得满满的信笺传去，化为了一缕缕湿润的诗行。

　　哪怕河水结冰了，照不出树的影子了，树的叶子也落尽了，只剩下光秃秃的枝条了，有河在身边，冰层下面涌动着水流，在树的根系下，也会有交流和相逢。河永远在树的身旁，就像是树也永远不会离开河一样，而不会像路旁过往的行人，和树相会在匆匆之中，也相忘在匆匆之后。

　　人向往的是明天。路向往的是远方。树向往的是水。

八大处二处许愿树 Xuxing 2022.10.25.

# 垂柳的等待

七叶派的老诗人郑敏写过一首诗，名字叫作《走在深冬的垂柳下》：

匆忙赶路的人，
走在深冬的垂柳下
那悬挂的棕色细条
无聊地在寒风中晃荡。
它顽皮地将行人的绒线帽
挂住、摘下、耍弄，
露出那满头青黑的发丝，
这就是它们在等待吧
刮乱、抚弄那春天的头发吧
用它们冬天的，只剩下
指骨的细长的手指，
渴望、渴望，
一次深冬里和春天的拥吻。

或许，等待是一切生命的天性，树当然也不例外。

或许，生命的本质就在于一次次地等待。

在等待中，生命一点点地延伸乃至完成。

在等待中，生命不断地被在等待中产生的想象和向往所滋润，而有了张力与弹性。

在等待中，生命有了被时间所磨砺出水滴石穿一般的力量。

在等待中，生命有了被渴望所蔓延出的水漫金山一般的色彩。

只是，树在漫长冬天的等待中，需要一点点地回黄转绿。要有耐心。

等待，就需要耐心。一点点的，才终于看到了那一丝丝萤火虫一闪一闪的绿意出现了，却很可能是草色遥看近却无一样的绿意。别慌，就再等待一下吧。

# 杨树的两片绿叶

在古代，崇尚黄色和红色，绿色被视为低俗的颜色。看我们以往宫殿的墙都是红色，瓦都是黄色。如今，依旧将红色象征着革命或激情。以前曾经铺天盖地的红海洋，和如今过年的红灯笼，都是对红色经典和古老传统的挥洒和运用。绿色就差多了，'绿帽子"一词，不知何时流行的，其中贬义是明显的。京剧脸谱里的绿色，常是妖魔鬼怪，即便是人，也代表着莽撞蛮横。这是我国的颜色美学和伦理。

但是，我喜欢绿色。

1974 年，开春时节。那一年，我二十七岁，刚刚从北大荒调回北京，在一所中学教书。学校在如今南三环外面一点的宋家庄，我家住前门，每天上班，要从前门坐公交车，到永定门倒车，绕这样一个九十度的大弯，才能到学校。姐夫把他自己的自行车，火车货运给我，免得我来回倒车，方便些，节省时间，也省点儿钱。那时候，父亲去世不久，家里只有我和老母亲相依为命，经济拮据，生活过得有些捉襟见肘。

第一天骑着自行车上班，出永定门往南两公里左右，再往东拐，便是如今的南三环，那时还只是一条并不宽且很偏僻的马路，路两旁没有什么楼房，显得很清静，也多少有些荒寂。路边上，种着高大的杨树，遮掩着后面的平房和田地。骑在半路上，我忽然看一棵杨树的下半截身子上面，横斜出一枝很细的树枝，枝尖尖上伸出了两片树叶，不大，心形，绿得那样清新如洗，那样明亮照眼。

那一眼，让我难忘，甚至有些隐隐的感动，皱巴巴的心，舒展了好多。我忽然感到，再艰难的日子，也有了希望。事后好久，我总还念念不忘那两片白杨树的绿叶。想如果叶子不是绿色的，是黄色的，甚至是红色或别的什么颜色的，还会给我这样的慰藉和希望吗？

总觉得，它们是有意等在那里，和我相逢，告诉我它们的秘密。

# 孤独的树

在田野里，在山坡上，在远离森林的地方，常常能够看到孤独的树立在那里。大多是一些老树，盘根错节，枝干遒劲，苍老的枝条，在风中抖动着，无声电影一样，显得那样哀婉苍凉，让人想起自己年迈的父母，想起逝去的悠长岁月。

特别是在茫茫的戈壁滩上，如果见到这样孤独的树，你会有一种他乡遇故知的感觉，有一种突然的怦然心动。因为在四周一片荒无人烟的寂寥包围中，它是唯一的生命，伸展着枝条，告诉你即使是在浩瀚无边的荒凉之中，也有着生命的召唤和守候。

那一次，车子在青海的戈壁滩上，孤寂地整整跑了一天，窗外除了浑黄还是浑黄一片，单调得犹如魔鬼一样死死缠着你。这时候，突然看到前方左侧出现了一棵大树，树枝上没有一片叶子，光秃秃的，黑黝黝的，不知是死还是活着。但是，它的出现，让昏沉沉了一天的人们立刻都兴奋起来，仿佛意外地和自己的什么亲人或伙伴甚至恋人邂逅相逢。

车子开远了，孤独的树，还是孤独地站立在那里。夕阳正在它枯瘦的枝丫之间衔着，映照得整个树似乎都在燃烧，每一根枝条，都像是腾起的熊熊火焰。那一刻，它老树成精，仿佛成了神话中的一个孤胆英雄。

水边琴韵　　　ZUXING　　　2022. 6. 21 夏至

# 冷胡杨

冷湖。现在没有了。在二十世纪五十年代，这里是新中国成立后第一个石油基地，是一座新兴的石油小城。在冷湖石油局学校门前的一片空场上，曾经种着一大片上百棵白杨树。那是一片不同寻常的白杨树。1970 年前，这片空场只是一片戈壁滩。学生们到了冬天用水把它浇成宽阔的溜冰场，是它唯一的用场。也曾有一年的春天在它的四周栽上一圈白杨树的小树苗，但在干旱缺水的戈壁滩都枯死了。

1970 年的夏天，一个叫陈炎可的男人来到了这片空场上，他被委派的任务，是给这片已经枯死的树苗浇水。这不是当时人们对树苗的关心，而是对他的惩罚。他是广州人，二十一岁自愿到这里当一名老师，却被无端打成了"现行反革命"。面对着这一片枯死的树苗，像面对着自己枯死的心，真有一份同病相怜的象征意味。干完了所有要干的活，就到了晚上，挖好壕沟，接通学校里面的水源，让水流到这里，他计算好了时间大约要半小时，这段时间他才可以回去稍作喘息。半小时过后再回来，如果水未放满，他便打着手电接着放水。本来就是无用功，他和树苗都无动于衷，完全是一种机械作业。

就在这时候，他读起了外语，也许这就是一份冥冥中的缘分，将他和树和外语一下子迅速地连接起来。他只是觉得和枯树苗天天夜晚相对，实在无聊，为打发时间，拿起了外语——是一本英文版的毛主席语录。谁想到大漠冷月，枯树孤魂，一一在清水中流淌起来了，奇迹便也在这清水中出现了。一个夏天和秋天过去了，他忽然发现那枯树苗的树根，居然湿漉漉有了生机。他赶紧在入冬前给树苗浇了封冻水，他忽然对这片树苗对自己荡漾起了信心。

四年过去了，浇了四年的水，读了四年的外语。日子像凝结住了一样，仿佛只成了一片空白。忽然有一天，他在水沟边读的外语，在一辆德国奔驰车出现故障，人们翻出英语说明书却谁也看不懂的时候，派上了用场，他的"现行反革命"的帽子莫名其妙地戴上，这一次又莫名其妙地平了反，他被调到局里当翻译。

就在这一年的春天，他浇灌的那一片树，终于绽开了生命的绿叶。在冷湖，在方圆几百里一直被黄色统治的戈壁滩，这是第一抹也是唯一一抹新绿。

1981年夏天，我到冷湖，见到陈炎可，那时候，他已经五十岁了。他带我到学校前看这片白杨树。上百棵白杨绿荫蒙蒙，阔大的绿叶迎风飒飒细语。他告诉我这里已经成了石油局的公园，晚上或假日，人们常到这里来，骄傲地称这片白杨树为冷胡杨。

三十一年过后，2012 年，我再次来到冷湖，冷湖已经空荡荡，石油局全部迁移到了敦煌。学校已经是一片废墟，上百棵的白杨树大多枯死，但左右对称似的，一边剩下八棵，一边剩下六棵，还顽强地活着。人们在两边各砌起水泥台，为了浇水时防止水流失，保护着冷湖生命的遗存。大概戈壁环境所致，这十四棵白杨长得和内地的白杨不一样，长得和我以前见到它们时也不一样，树干越发地骨节突兀沧桑，像胡杨。

　　我敢说，世上再没有这样的白杨树。冷胡杨！

# 银　杏

　　银杏，也是一种古老的树种，而且是一种寿命长久的树木。这样的老银杏，很多生长在寺庙。在北京，最古老的银杏，在潭柘寺，有一千四百年的生命，看尽了春秋演义，朝代更迭，和帝王将相的灰飞烟灭，那种一树通体彻底的金黄，真的让人叹为观止。

　　去年秋天去潭柘寺，这株千年银杏的叶子还是绿的，没有想到它在深山里，却比市内公园的银杏叶子黄得要晚。它沉得住气，不会被一点秋风萧瑟就逗弄得情不自禁，失去了千年的操守。

　　今年去晚了将近半个月，它满树尽披黄金甲，远远地就望见金黄的树冠，飒飒秋风中，树叶摇曳，古树仿佛羽化成仙，腾起了一片金色的祥云，像要连根拔走飞起来一样。

　　走近看，像是有什么人气派奢华地打散了那么多金子的碎片，镶嵌在或者干脆融化进每一片叶子里面，和秋阳秋风一起演奏辉煌的秋日奏鸣曲。指挥便是那粗大沧桑的树干，每一根伸展出来的枝条，都是它挥舞的指挥棒。这样辉煌的金色奏鸣曲，需要千手观音一样多的指挥棒，才能够指挥得了这样漫天尽情飞舞的纷纷树叶。

突然，刮起一阵风，古树上的不少叶子簌簌地飘落。那一枚枚银杏扇叶，像是飘落而下金色的雨，在阳光的映衬下，满眼是透明的金黄。几乎在场所有的人都抬起头，惊叫起来。仿佛迎接从天而降的金色的童话。这大概是潭柘寺今年银杏的高光时刻了。

天拉可爱的小向导 RUXING 2019.8.24.

# 玉 兰

　　玉兰，从来都是春天看花，酒杯一样擎起洁白如玉的花，最是漂亮。从来没有注意过，它的叶子其实和花一样漂亮。

　　秋深时分，走进颐和园的宜芸馆和玉澜堂，看见玉兰树的叶子半绿半黄，特别打眼，仿佛春天与秋天的交汇，妙龄少女和沧桑老人的并肩。刚下过一场细雨，绿叶绿得湿润而清新。在这样明丽的绿色衬托下，和这个时节风头正劲的香山红叶、潭柘寺银杏相比，显得别具一格，沁人眼目，不由得感叹只有大自然才有这样童话般的奇异色彩，胜过一切调色盘里调配的颜色。

　　又走进乐寿堂轩豁的院落，堂左右几棵玉兰树，满树的叶子也是这样半绿半黄，明艳湿润，辉映得满院如同一幅水彩画面，雨后的天空依然阴沉，被这样的色彩冲破。

　　走进乐寿堂后院，空无一人，玉兰树的叶子也是那样半绿半黄，和红墙红柱相映得色彩越发明艳，映照在乐寿堂后窗上的影子，朦朦胧胧，搅拌得光影浮动，活了一样，像是游动的精灵。

　　走到树下仔细看那一片片树叶，我才感觉到，比起它们，银杏的黄叶、黄栌的红叶，实在小很多。而且，玉兰叶子和它的花一样，都是支撑着，有了筋骨似的，托浮在空中。花落了，叶子也显得很有精神，不像桃杏苹果树，花落之后，叶子都是耷拉着，披头散发，像是失恋的女人。因此，那些像玉兰花酒盅一样硕大的叶子，盛满秋天独有的色彩，把秋天的色彩发挥到了极致。

或许，是春天三兰花开时对叶子的嘱托。

# 杜梨树

二十年前的夏天，在前门楼子旁长巷上头条的湖北会馆里，那棵杜梨树还在，枝叶参天，高出院墙好多，密密的叶子摇晃着天空，浮起一片浓郁的绿云。

这个大院，我很熟悉，读中学的时候，同班一个同学的家，就在这个大院里，离我当时住的西打磨厂很近，我常找他玩。春天的时候，这棵杜梨树会开满满一树白白的花朵，煞是明亮照眼。

如今，树的四周盖起了好多小厨房，本来轩豁的院子显得很狭窄。人口的膨胀，住房的困难，好多院子的好树和老树，都被无奈地砍掉，盖起了房子。刘恒的小说《贫嘴张大民的幸福生活》，被改成电影，英文的名字叫作《屋子里的树》，是讲没有舍得把院子的树砍掉，盖房子时把树盖进房子里面了。故事是虚构的，但这个细节不是虚构的，不少院子里都曾经有过这类的事情。因此，可以看出湖北会馆里的人们，没有把这棵杜梨树砍掉盖房子，是很不容易的事情。

那天，很巧，从杜梨树前的一间小屋里，走出来一位老太太，正是种这棵杜梨树的主人。她告诉我她已经八十七岁，不到十岁搬进这院子来的时候，她种下了这棵杜梨树。也就是说，这棵杜梨树有将近八十年的历史了。

老太太对我讲过这样一段话，让我难忘。我对她说您就不盼着拆迁住进楼房里去？起码楼里有空调，大夏天的住在这大杂院里，多热呀！她瞥瞥我，对我说：你没住过四合院？然后，她指指那棵杜梨树，又说，哪个四合院里没有树？一棵树有多少树叶？有多少树叶就有多少把扇子。只要有风，每一片树叶都把风给你扇过来了。

那年的冬天，那里要修一条宽阔的马路。旧地重游，湖北会馆成为了一片瓦砾，但那棵杜梨树还在，清癯的枯枝，孤零零地摇曳在寒风中。虽多少有些凄凉，但毕竟还在。我想起了俄罗斯作家柯切托夫写过的一篇小说，说一座城市修路，中间遇到一棵老树，于是这座城市的领导和专家一起讨论，要不要为了路把树砍掉？最后，为了树，路绕了一个弯。心里为这棵杜梨树庆幸，也许为了它能够像是当年扩展牛街，在清真寺前不远的街心，为了一棵老树，让新修的马路也绕了一个弯。

前不久，我又去了一趟那里，马路修得很宽敞。湖北会馆没有了，那棵老杜梨树也没有了。

# 椿 树

椿树有两种，臭椿和香椿。臭椿四处蔓延，叶子很臭；香椿高大齐整，嫩叶可以做菜。过去北京宣南有一条椿树胡同，是一条老街，之所以以椿树命名，就因为街道两旁种的都是香椿树。

这条街自明清以来，特别是从清中期到民国时期，一直香火很旺，先是赴京城当官的人来此居住，后来当官的换上了好房子之后，文人艺人络绎不绝。据我所知，雍正时的吏部尚书汪由敦在椿树三条住过，他走后，乾隆时期的诗人赵翼来此居住。另一位乾隆时期的诗人钱大昕，住在椿树头条写他的《潜研堂集》。民国时期，辜鸿铭住在东椿树胡同18号，一直住到终老而死。当时的京剧新星荀慧生和尚小云分别住在椿树上三条11号和椿树下二条1号。梨园宿将余叔岩住在椿树上二条，因为他有夜半三更吊嗓子的习惯，痴迷的戏迷们为听他这一嗓子，大半夜的披着棉猴跑到他家院门前候着，成为小胡同里热闹非凡的一景。

只是如今椿树胡同地名还在，但是，一棵椿树也见不到了。早在1998年，那里已经拆掉了老房老街，建起来椿树园小区了。

　　只有老街坊的回忆，让椿树复活，让老街复活。那时候，小孩子爬到椿树上面去采树叶，大人们在竹竿尖上绑上铁钩，用来钩树尖上的嫩香椿苗。就地取材，不用花一分钱，做一盘香椿煎鸡蛋、香椿拌豆腐，或裹上面糊炸香椿鱼，美味无比。

游颐园 三零 双胞胎 ZuXiNG 2022.8.31.

# 合欢树

合欢是我国一种古老的树。作为街道的行道树，曾经在北京盛行。

清竹枝词："正阳门外最堪夸，五道平平不少斜。点缀两边风景好，绿杨垂柳马缨花。"可以看到，在前门外的大街两旁种着合欢树。

芥川龙之介写的《中国游记》中，两次提到了合欢树。其中一次是从辜鸿铭家出来，朝着东单牌楼他住的旅店走的路上，说是"微风吹拂着街边的合欢树"。证明当时东单大街两旁是种着合欢树。

瞿宣颖在《故都闻见录》里写道："民国三、四年间，东西长安街一带，广植德国槐和马缨花。此二木皆易长，至今长夏垂荫，与黄瓦丹垣，映带成至美之色彩。"马缨花，就是合欢。

还看到邓云乡的文章，说二十世纪五十年代，景山前街也曾经种的街树是合欢。

这些都可以佐证，起码从清末到二十世纪中期，合欢作为街道的行道树，在北京是有传统的、有历史的，曾经一度辉煌。

我所见到的合欢树作为街树的街道，是台基厂。可以毫不夸张地说，这是满北京城最漂亮的一条街道了。特别是每年6月合欢树开满一树树绯红色的绒花的时候，让你感到北京城一种别样的色彩。那时，我家离台基厂不远，去王府井，必要穿过台基厂，走在这样开满轻柔的绒花的树下，斑驳的花影洒在身上，人就像踩在绯红的云彩上面一样，有一种梦幻的感觉。也许，这只是青春期似是而非的感觉吧。

1974年，从北大荒回到北京，重走台基厂老街，忽然发现一街的合欢树竟然荡然无存。忙打听，才知道早在"文化大革命"中，这一街的合欢树就被砍光了，说它们开这么缠绵悱恻的花，是资产阶级的树。

如今，在北京，不仅街道上见不到合欢了，就是在老院子里，或在新建的小区里，也很少能见到合欢树。只有故宫御花园，宋庆龄故居几处过去皇家的庭院里，还能见到合欢树。

# 杏 林

天坛有一片古杏树林。3月底开花的时候，我去那里，先看到的不是杏花，而是杏林外面一排坐着轮椅的老人。他们并不摇着轮椅到前面树下，只是静静地坐在那里，坐得那样整齐，好像在开会，或者在观看节目，认真看着前面的杏花灿烂的发言或表演。

我不知道他们是约好了，还是正好凑在一起，杏花如雪，映彻着他们的一头白发如银，倒是如此相得益彰。各式轮椅上的黑漆，在阳光照射下闪着对比明显的光。他们看着花，说着话，不动声色，春秋看尽，炎凉尝遍，一副曾经沧海难为水的样子。

他们的前面，便是杏林。杏树下，大多是年轻人在拍照，或身倚树干，或手攀花枝，或仰头做看花状，或挥舞头巾做飞天状，或高举着自拍架在自拍……姿态各异，尽情释放，花让他们成为了隐身人，他们可以少了人前人后的顾忌，也暂时把疫情抛在脑后。有几位年轻的女子，正在树下换装，更是毫不顾忌地脱下外套、毛衣和裤子，套上鲜艳的民族服装——大概是改良版的藏族服装，准备和杏花争奇斗艳。

再远处，杏林的边上，几个小孩子在疯跑着，叫喊着，追逐打闹着在玩耍，脚下溅起阵阵尘烟。

3月底中午的阳光下，杏林中一幅难得的有声有色的画。

我回过头，又走到那一排轮椅上的老人面前。忽然，想起了布罗茨基的一句诗：

> 我坐在窗前。坐着坐着想起我的青春，
>
> 有时我笑一笑，有时我啐一口。

有一天，我也会像他们一样苍老，站不起来。疾病和衰老，是每一个人都要上的必修课。我也会和他们一样，和老伙伴们约好，凑在一起，到这里来吗？不是坐在窗前，而是坐在沧桑的杏树林前，想起我们的青春，笑一笑，又啐一口吗？

关键是要啐一口。

# 古柏与少女

　　天坛西柴禾栏门前，很清静，游人几近于无。门前，有三棵古柏，由东到西排列，冬夏春秋，枝叶茂密，郁郁苍苍，如三个威武的壮士，屹立在那里，脚下是草坪如茵，背后是红墙似血，有一股难言而雄浑的沧桑感。特别是春天，草的嫩绿，树的苍绿，墙的火红，瓦的黛绿，色彩对比强烈而鲜明，我一直认为，这是最能代表天坛的色调。这三棵粗壮的古柏，树龄都很老了，一棵五百六十年以上，两棵六百二十年以上。在整个天坛，找到这样年头悠久三位一体并排站在一起的古树，很难了。

　　去年早春二月的中午，走到这三棵古树前，看见最里面的那棵古柏下，站着一位姑娘。她就那么静静地站着，一动不动，站了很久，始终抬头望着树冠。我站在那里，也一动不动，不想打扰她。很少见到有游人到这里来，更从来没有见过有人这样静静地站在那里，抬头看树。

　　我看见姑娘动了，围着这株古柏转经似的，缓缓地转了一圈，她的手臂不时抚摸着树皮皱裂的苍老树干。那样子，像孩子环绕在老人的膝下，老树因此而变得慈祥，对她诉说着悠悠往事。有风轻轻吹来，枝叶簌簌拂动。中午的阳光，透过枝叶，温煦地洒在她的脸上、身上。因为她在走动，阳光不时跳跃，一会儿顺光，一会儿逆光，打在她的脸上和身上，像蝴蝶翻飞。

我忽然有些感动，为这个姑娘，也为这古树。

今年春天再去天坛，那三棵古柏前被拦起来，不让人们走进和古柏亲密接触了。几百年都过去了，它们一直站在那里，从来没有被拦，风可以进，雨可以进，多少代的人也可以进。现在，想起来把它们拦起来了。我不明白为什么要把它们拦起来。

# 树的敬畏

古罗马的哲学家奥古斯丁，羞愧于情欲的私缠，而想跪拜在神的面前忏悔，他没有去到教堂的十字架前，而是跪倒在一棵无花果树下。

古罗马的诗人奥维德，在他的诗《变形记》中，所写的菲德勒和包喀斯那一对老夫妇，希望自己死后不要变成别的什么，只要变成守护神殿的两棵树，一棵橡树，一棵椴树。

在那遥远的时代里，树是那样让人敬畏。

如今，我们还有这样对树的敬畏之心吗？

也不能说真的一点也没有了。没听说不少的城市把远离百里千里之外的古树移栽到城里的事情吗？从而不少人从事着这样找树移栽的中间商的工作。我们以为把古树请到城里来，就是一种对树的敬畏，好像它们再也不用在荒郊野外去餐风饮露了，可以过上饭来张口衣来伸手的日子了。但是，纵使我们天天为它们浇水施肥，再加以护栏保护，它们很多很快还是死掉了。

以为请来古树就会增加城市的文化与历史的厚重，本是一厢情愿的事情，是为了自己打算，而不是为了树的利益。而那些疯狂去找树移树的人，不过像是以前为皇帝或富贵人家找妃子的人一样，为了赚钱，为了逢迎，而不顾树的生命。

在商业时代，在缺乏信仰的时代，树只是一种商品，而不再是一种自然之神。我们再也不会跪倒在一棵树下，或希望死后变成一棵树。

# 卷二：花间絮语

那种梦一样的绯红色，
一阵风吹就能把花吹得像跳芭蕾舞一样，
轻盈地飞满天空，带我们走进童话的世界。

花市  Faxing  2022. 11. 28.

# 凤仙花

儿时住的大院里，很多人家都爱种凤仙花，我们管它叫指甲草。凤仙花属草本，很好活，属于给点儿阳光就灿烂的花种。只要把种子撒在墙角，哪怕是撒在小罐子里，到了夏天都能开花。

凤仙花开粉红和大红两种颜色。女孩子爱大红色的，她们把花瓣碾碎，用它来染指甲，红嫣嫣的，很好看。我一直觉得粉色的更好看，大红的，太艳。那时，我嘲笑那些用大红色的凤仙花把指甲涂抹得猩红的小姑娘，说她们涂得像吃了死耗子似的。

放暑假，大院里的孩子们常会玩一种游戏：表演节目。有孩子把家里的床单拿出来，两头分别拴在两株丁香树上，花床单垂挂下来，就是演出舞台前的幕布。在幕后，比我高几年级的大姐姐们，要用凤仙花，不仅给每个女孩子涂指甲，还要涂红嘴唇，男孩子也不例外。好像只有涂上了红指甲和红嘴唇，才有资格从床单后面走出来演出，才像是正式的演员。少年时代的戏剧情景，让我们这些半大孩子跃跃欲试，心里充满想象和憧憬，参与了孩子的成长。

特别不喜欢涂这个红嘴唇，但是，没办法，因为我特别想钻出床单来演节目。只好每一次都得让大姐姐给我抹这个红嘴唇。凤仙花抹过嘴唇的那一瞬间，花香挺好闻的。其实，凤仙花并没有什么香味，是大姐姐手上搽的雪花膏的味儿。

这个大姐姐，是我们演节目的头儿。我给她起了个外号，叫"指甲草"。

我读小学五年级的时候，她读初一。有拍电影的导演到她的学校里挑小演员，相中了她。没有想到，她爸爸妈妈死活不同意，都觉得演员就是戏子，不是正经的事由。当学生，就得把学习成绩弄好，将来上大学，才是正路子。她妈妈就是看中了爸爸是个大学生才嫁给他的。

可是，她并没有如爸爸妈妈的期待一样考上大学。自从初一演员梦破灭之后，她的学习成绩就开始下滑。高中毕业之后，先在一所小学当音乐老师，后来又跳槽到文化馆工作，都和表演沾点儿边。但她并不快活，一辈子都没有结婚。后来，听说她得了病，人消瘦了很多，甚至脱了形，再也没有当年漂亮的模样了。当时，人们都不大懂，她自己也是乱吃药，现在想想，她得的应该是抑郁症。

如果不是因为她的爸爸妈妈当年拦腰斩断了她的梦想，她的命运会怎么样呢？

如今，她走了。我的心里，总不是滋味。她本是一朵花，最终成了一根草。或者，作为我们普通人，本来都属于一根草，就不该有做一朵花的梦吗？

指甲草！我很后悔当年给她起了这样一个外号。

# 土豆花

　　北大荒有很多花，其中最有名数达紫香，这是一种已经被从北大荒那里出来的作家写烂的花。

　　对于我，最难忘的是土豆花。土豆花很小，很不显眼，要说好看，赶不上匠在菜园里的扁豆花和倭瓜花。扁豆花，比土豆花鲜艳，紫莹莹的，一串一串的，梦一般串起小星星，随风摇曳，很优雅的样子。倭瓜花，明晃晃的，颜色本身就跳，格外打眼，花盘又大，很是招摇，常常会有蜜蜂在它们上面飞，嗡嗡的，很得意地为它们唱歌。

　　土豆花和它们一比，一下子就站在下风头。但是，每年一冬一春吃菜，主要靠的是土豆，所以每年夏天我们队上的土豆开花的时候，我都会格外注意，淡蓝色的小小土豆花，飘浮在绿叶间，像从土豆地里升腾起了一片淡蓝色的雾岚，尤其在早晨，荒原上土豆地那一片连接天边的浩瀚的土豆花，像淡蓝色的水彩被早晨的露水洇开，和蔚蓝的天际晕染在了一起。

　　我读书有限，看到世上描写过土豆花的，只有汪曾祺和迟子建两位。

　　汪曾祺这样形容土豆花："伞状花序，有一点像复瓣水仙，中间有一个高庄小窝头似的的黄心。"他曾经摘下过土豆花，插在瓶里，对着土豆花画画。

迟子建在她的短篇小说《亲亲土豆》里，也写到了土豆花。汪曾祺是写实，写得细致、实在。迟子建则有些浪漫，用了那么多好听的词儿描写土豆花，说它"花朵呈穗状，金钟般吊垂着，在星月下泛出迷离的银灰色"。

这是我从来没见过的对土豆花如此美丽的描写。在我的印象里，土豆花很小，呈细碎的珠串是真的，但没有如金钟般那样醒目。我们队上的土豆花，也不是银灰色的，而是淡蓝色的。如果说我们队上的土豆花，没有迟子建笔下的漂亮，但是颜色却要更好看一些。

刚到北大荒那年夏天，正赶上队上菜园里土豆花开的时候。借来了一架照相机，我们蹲在土豆地里，照了几张相片，土豆花簇拥着我们，很有几分吃凉不管酸的浪漫。照片洗出来了，那么好看的土豆花，却一点儿也看不出来。

2019之夏　　　　TuXinG 2019.9.3 大妙

# 栀子花

　　三十多年前，春末，在庐山脚下歇息。不远处，有几棵树，不知道是什么树，开着白花，雪一样地白。再不远的山前，有一个村子，炊烟正缭绕。

　　一个穿着蓝土布衣裳的小姑娘，向我跑过来。跑近，看见她的手里举着一枝带着绿叶的白花。小姑娘七八岁的样子，微笑着，把那枝花递给我。常有游客在这里歇脚，常有卖各式小吃或小玩意儿的人到这里兜售。我以为她是卖花姑娘，要掏钱给她。她摆摆手，说：送你！

　　那枝花是刚摘下的，还沾着露水珠，花朵不小，洁白如玉，散发着清香。我问她：这么香，叫什么花啊？

　　她告诉我：栀子花。

　　我正要谢谢她，她已经转身跑走，娇小的身影，像一片蓝云彩，消失在山岚之中。

　　我一直到现在都不明白，小姑娘为什么送我这枝栀子花。

　　那是我第一次见到栀子花。真香，只要一想起来，香味还在身边缭绕。

# 蔷薇

北京的孝顺胡同，是明朝就有的一条老胡同，中间有兴隆街把它分割为南北孝顺胡同。这条胡同里老宅很多，既有饭庄，又有旅店，还有一座老庙，虽地处前门闹市之中，却一直很幽静。十八年前，我去那里的时候，那里正要拆迁，不少院落被拆得有些颓败零落，依然很幽静，一副见惯春秋、处变不惊的样子。

在胡同的深处，看见一户院门前搭着四方的木架，架上爬满了粉红色的蔷薇花。架上架下，都很湿润，刚被浇过水。蔷薇花蕾不大，密密的，簇拥满架，被风吹得来回乱窜，上下翻飞，闹哄哄的，你呼我应，拥挤一起，像开着什么热闹的会议。由于颜色是那么鲜艳，一下子，把整条灰色的胡同映得明亮起来，仿佛沉闷的黄昏天空，忽然响起了一阵嘹亮的鸽哨。

我走了过去，忍不住对满架的蔷薇花仔细观看，是什么人，在马上就要拆迁的时候，还有这样的闲心侍弄这样一架漂亮的蔷薇花，给这条古老的胡同留下最后一道明亮的色彩和一股柔和的旋律？

有意思的是，在花架的对面，一位金发碧眼的外国小伙子，也在好奇地看着这架蔷薇花。我们两人相视，禁不住都笑了起来。

# 郁金香

在美国的布卢明顿小城郊外一个叫海德公园的小区，每一户的房前屋后，都有一块很宽敞的绿地。很少见我们这里利用这样的空地种菜的，一般都会种些花草树木。我住在那里的时候，天天绕着小区散步，每一户人家的前面种的花草不尽相同，到了春天，姹紫嫣红，各显自己的园艺水平。

在一户人家的落地窗前，种的是一排整齐的郁金香，春末的时候，开着红色、黄色和紫色的花朵，点缀得窗前五彩斑斓，如一幅画，很是醒目。

没过几天，散步路过那里，看见每一株郁金香的花朵，像割麦子一样，整整齐齐地全部割掉，一朵也没有了，只剩下绿叶和枝干。我以为是主人把它们摘掉，放进屋里的花瓶中独享了。

又一天散步路过那里，看见主人站在屋外和邻居聊天。我走过去，和她打招呼，然后指着窗前那一排郁金香，问她花怎么一朵都没有了呢？她告诉我，都被鹿吃了。然后，她笑着对我说：每年鹿都会光临她家，吃她的郁金香，每年她都会补种上新的郁金香。

这让我很奇怪，好像她种郁金香，不是为了美化自家或自我欣赏，而是专门为给鹿美食的。

这里的鹿很多，一年四季都会穿梭于小区之间，自由自在，旁若无人。这个小区种花的品种很多，不明白，为什么鹿独独偏爱郁金香？

后来看专门描写林中动物的法国作家于·列那尔写鹿，说远远看像是"一个陌生人顶着一盆花在走路"，便想起了小区的那些专门爱吃郁金香的鹿，它们一定是把吃进肚子里的郁金香，童话般幻化出来，开放在自己的头顶，才会像顶着一盆花在走路吧？当然，那得是没人打扰且有花可吃然后悠闲散步的鹿。

# 杏 花

我一直分不清梨花和杏花，因为它们都开白花。好几年前的春天，我家对面一楼的房子易主，新主人是位四十岁左右的妇女，沈阳人。她买了三棵小树，栽在小院里。我请教她是什么树，她告诉我是杏树。

彼此熟络后，她告诉我：明年开春带我妈一起来住，买这个房子，就是为了给我妈住的。老太太在农村辛苦一辈子了，我爸爸前不久去世了，就剩下老太太一个人，想让她到城里享享福。孩子她爸爸说到沈阳住，我就对他说，这些年，你做生意挣了钱，不差这点儿钱，老太太就想去北京，就满足老太太的愿望吧！到时候，我就提前办了退休手续，让孩子她爸爸把公司开到北京来，一起陪陪老太太！

她是个爽朗的人，又对我说：老太太就稀罕杏树，老家的房前种的就是杏树。这不，我先来北京买房，把杏树顺便也种上，明年，老太太来的时候，就能看见杏花开了！

听了她的这一番话，我的心里挺感动，难得有这样孝顺贴心的孩子。当然，也得有钱，如今在北京买一套房，没有足够的"兵力"支撑，老太太再美好的愿望，女儿再孝敬的心意，都是白搭。还得说了，有钱的主儿多了，也得舍得给老人花钱，老人的愿望，才不会是海市蜃楼，空梦一场。

第二年的春天，她家门前的三棵杏树，都开花了。我仔细看看杏花，和梨花一样，都是五瓣，都是白色，还是分不清它们，好像它们是一母同生的双胞姊妹。

可是，这家人都没有来。杏花落了一地，厚厚一层，洁白如雪。

第三年的春天，杏花又开了，又落了一地，洁白如雪。依然没有看到这家人来。

清明过后的一个夜晚，我忽然看见对面一楼房子的灯亮了。主人回来了。忽然，心里高兴起来，为那个孝顺的女人，为那个从未见过面的老太太。

第二天上午，我在院子里看见了那个女人，触目惊心的是，她的臂膀上戴着黑纱。问起来才知道，去年春天要来北京前，老太太查出了病，住进了医院，盼望着老太太病好，老太太还是没有熬过去年的冬天。今年清明，把母亲的骨灰埋葬在老家，祭扫之后，她就一个人来到北京。

她有些伤感地告诉我，这次来北京，是要把房子卖了。母亲不来住，房子没有意义了。

房子卖了，三棵杏树还在。每年的春天，还会花开一片如雪。

# 朱 槿

　　秋天，到福建长乐参观冰心文学馆。文学馆建得不小，二层楼房，楼上楼下空旷的展厅里，除了我，没有一个人。参观完毕，走出展览大厅，依然是空无一人。想在春水书屋的小卖部买一张木刻的冰心像，也找不到一个人。只有那几帧单薄的黑白木刻小画，在柜台里静静地待着。

　　一楼大厅里，在大海背景前端坐着冰心雕像。咖啡厅里的座椅空荡荡的。放映厅只有白白的一面墙。展厅外，喷水池后刻有冰心的名言"有了爱就有了一切"，只是喷水池没有喷一朵水花。

　　我在椅子上静静坐了好久，没有咖啡，没有人，只有对面的冰心雕像，和我无言相望。

　　要离开文学馆了，忽然在墙边的灌木丛中发现一朵红色的朱槿，花开得那样鲜艳，却显得那样寂寞。

# 白竺花

桂花落了，菊花尚未盛开，到丽江不是时候。想起上次
来丽江，坐在桂花树下喝茶，喷香的桂花随风飘落，落进茶盏
中的情景，很是留恋。

不过，古城到处攀满三角梅，开得正艳。三角梅，花期
长，有点像月季，花开花落不间断。而且，三角梅都是一团团
簇拥一起，要开就开得热热闹闹，烂烂漫漫，像天天在举办盛
大的 Party。

在丽江古城，三角梅不是城里栽成整齐的树，或盆栽有
意摆在那里的装饰，只要有一处墙角，或一扇木窗，就可以铺
铺展展爬满一墙一窗，随意得很，像是纳西族的姑娘将长发随
风一甩，便甩出了一道浓烈的紫色瀑布，风情得很。

从丽江到大理，在喜洲一家很普通的小院的院墙前，看
到爬满墙头一丛丛淡紫色的小花。叶子很密，花很小，如米
粒，呈四瓣，暮霭四垂，如果不仔细看，很容易忽略。

我问当地的一位白族小姑娘：这叫什么花？她想了半天
说：我不知道怎么说，用我们白族话的语音，叫作"白竺"。

这个"竺"字，是我写下的。她也不知道应该是哪个字

更合适。不过，她告诉我，这种花虽小，却也是白族人院子里常常爱种的。小姑娘又告诉我，白族人的这个"白苎"，翻译成汉语，是"希望"的意思。这可真是一个吉祥的好花名。

在云南，白苎比随处可见的三角梅，更让我难忘。

谐趣园秋 FuXing 2022.10.1.

# 槭 花

那天，去崇文门饭店参加一个聚会，时间还早，便去北边不远的东单公园转转。往前回溯，这里原来是八国联军入侵北京后的练兵场。新中国成立之后，将这块空地，由南往北，建起了一座街心公园和一座体育场。这座街心公园便是东单公园，应该是北京最早也是最大的街心公园。

小时候，家离这里很近，常到这里玩。记得上了中学之后，第一次和女同学约会，也是在这里。正是春天，山桃花开得正艳。之后，很少来这里了。特别是有一阵子，传说这里的晚上是谈情说爱之地，很有些聊斋般的暧昧和狐魅，和少年时的清纯美好拉开了距离，更没有到这里来了。

如今，公园的格局没有什么太大的变化，假山经过了整修，增加了绿地和花木，还有运动设施。中间的空地，人们在翩翩起舞，踢毽子的人，早早地脱光了衣服，一身热汗淋漓。工农兵塑像前的围栏上，坐着好多人在聊天或下棋。黄昏的雾霭里，一派老北京悠然自得的休闲图景。

我在公园里转了整整一圈，走在假山前的树丛中的时候，忽然听见身后传来一声清亮的叫声：爷爷！明明知道，肯定不是在叫我，还是忍不住回过头去，看见一个四五岁的小姑娘正向她的爷爷身边跑了过去。她的爷爷站在一棵高大的元宝槭树下面，张开双手迎接她。

正是槭树落花时节，槭树伞状的花，米粒一般小，金黄色，很明亮，细碎的小黄花落满一地，像铺上了一地碎金子。有风吹过来，小姑娘的身上也落上好多小黄花，还有小黄花在空中飞舞，在透过槭叶间的夕照中晶晶闪闪地跳跃。

我的小孙子也是用这样清亮的嗓音叫着我：爷爷！

那是两年前的夏天，也是在公园里，不是东单公园，是在北海公园；不是槭树花落的时节，是紫薇花开得正旺的夏天。

# 玉 簪

　　中山会馆在北京非常有名，相传最早是严嵩的花园别墅，清末被留美归来的唐绍仪（后在袁世凯当临时大总统时当过国务总理）买下，改建为带点儿洋味的会馆。民国元年，孙中山当了大总统来北京，就住在这里，中山会馆的名字由此得来。过白纸坊，从南横东街往南拐进珠朝街一点儿，就是中山会馆。中山会馆相当大，不算正院，光跨院就有十三座。所以，被清诗人钱大昕盛赞为"荆高酒伴如相访，白纸坊南第一家"。

　　十七年前夏天的一个下午，在后院的南跨院里，我见到一位老太太，七十七岁，鹤发童颜，广东中山县人，和孙中山是老乡。她家祖辈三代住在这里。

　　这是一座独立成章的小院，院门前有回廊和外面相连。我是贸然闯入，和老太太素不相识，不知为什么，老太太和我一见如故，搬来个小马扎，让我坐在她家宽敞的廊檐下，听她向我细数中山会馆的历史。说到兴头，她站起身来，回到屋子里拿出厚厚的一本老相册翻给我看。小院里，只有我们两人，安静异常，能听到风吹树叶的飒飒声。

　　翻到一页，黑色相册的纸页上，用银色相角贴着一张黑白照片，照片上是一个英俊的年轻人，坐在公园里镂空而起伏有致的假山石旁。她告诉我：这是我的先生，已经去世二十多年了。我问她这是在哪座公园里照的？她说：这不是在公园，就是在原来中山会馆这里照的。说着，她走下廊檐的台阶，带我向跨院外面走去。我上前要扶她，她摆摆手，腿脚很硬朗。来到前面已经杂乱不堪的院子，她向我指认当年院里的小桥流水，花木亭台，和她先生照相的地方。一切仿佛逝去的并不遥远，流逝的岁月，款款地又流淌在眼前。

不知为什么，那一刻，望着照片，望着眼前的院落，又望着她，我心里非常感动。不仅感动她和她丈夫的这一份感情，同时感动她愿意将这一切讲给素不相识的我听。如今，如此信任一个陌生人，真的是天方夜谭了。

和她告别，她执意送我出院门，仿佛我是她的一位阔别多年的朋友。出院门的那一刻，我忽然看见沿着院门南墙下，种着一溜儿玉簪，正盛开着洁白如玉的花朵，像是为小院镶嵌上的一道银色的花边。我指着花对她说：真是漂亮！她对我说：还是那年我和我先生一起种的呢！一直开着！

十二年过去了，那天，路过南横东街，拐进珠朝街，想去看看中山会馆。会馆已经翻修一新，但新建的大红漆门紧闭，朝北的院墙，开到南横街上了，墙外栽着一排西府海棠。

忽然，想起那一溜儿玉簪花。如果老太太健在的话，今年九十四岁了。

# 香水月季

我们大院最里面的一道院，是全院最宽敞的院子，三间大北房，住着房东一家，院子分成东西两块，分别用灰砖围成一道四四方方的花边，一块有一个葡萄架，一块种着月季。这片月季的旁边便是他家的东院墙，墙中间开有一道月亮门，正对着我家的房门。月季花开的季节，只要月亮门一开，我就能看见院里这片月季花。月季开花的花期很长，从春天一直能开到秋天，到了冬天，房东家就把月季都埋在土里面，伺候得很精心。月季花的颜色姹紫嫣红，但有的花有香味儿，有的花别看颜色鲜艳，却没有一点儿香味儿。房东家的月季香得浓郁，即使月亮门紧闭，那香味儿也能蹿出来，弄得我家里也香气扑鼻。

我刚上小学的时候，和柱子聊天，说起房东家的月季怎么那么香！柱子自以为是地对我说：听说他家种的月季在里面，有一种叫作香水月季，是名种，所以才特别香！

香水月季！我是第一次听说，觉得这名字起得真不错！在中山公园的唐花坞里，也见过月季，但不知道哪一种是香水月季？便问无所不知的柱子：你认识香水月季吗？

柱子一仰脖子说：当然认识了！然后，问我，怎么？你不认识？哪天，我带你见识见识！

我不知道柱子说带我见识见识这种香水月季，是一天晚上带我翻过房东家的院墙，偷偷地摘了一朵月季。院墙不高，墙头骑着一溜儿灰色的金钱瓦，挺好看的。踩着院墙旁边那棵老槐树的枝杈，很容易就爬到墙头，翻了过去。柱子胆子大，这样的把戏，对于他是轻车熟路，让我跟着他翻墙，心里还是有点儿胆怯。柱子骂了我一句胆小鬼，就狸猫似的翻身过墙跳进院子里。我只好胆战心惊地跟着他也跳了进去。

满地都是喷香的月季，摘一朵，很容易。哪一种是香水月季？我有些疑惑，柱子自以为是伸手就摘了一朵，说这就是！可就在他刚刚摘下这朵月季递在我手里，我们两人转身要逃跑的时候，赶巧房东太太出门倒水，一盆水差点儿没倒在我们的身上。房东太太发现站在花丛旁边的我们，以为进了小偷，禁不住惊叫了一声，房东紧跟着也跑出来。

这一下闹大发了，我家离着房东家近，我父亲先闻声跑过来，没一会儿的工夫，柱子的父亲也跑来了，见我们俩狼狈的样子，一下子就明白了怎么一回事。我父亲骂我，柱子父亲扬起巴掌要揍他，让房东和房东太太都拦住了，连说：小孩子看什么都好奇，没事的！院里的月季这么多，摘一朵让他们玩玩，没事的！这件事才算是大事化小，小事化了，水过地皮湿。只是吓得我赶紧把手里的月季扔在地上。房东太太捡起来，又递在我的手里，让我特别害羞，到底也不知道拿在手里的是不是香水月季。

西打磨5 FuxinG 2022.9.15.

# 老倭瓜花

我们大院，老孙头儿家屋前有块空地，种上了老倭瓜。是 1961 年春天，那时流行一个词儿，叫"瓜菜代"，说的是用瓜菜代替粮食，填充饿得空空的肚子。

夏天，这些老倭瓜开花了，那种金黄色的花，大朵大朵的，趴在地上，爬到窗前和房顶上，肆无忌惮地到处开放，簇拥得老孙头儿这间东房格外火爆。路过他家的街坊们，望着这片金灿灿的老倭瓜花，都很羡慕。

有一天上午，几只芦花鸡光顾老孙头儿的倭瓜地，不客气地啄吃倭瓜花。这是白家养的几只下蛋的老母鸡。白家和老孙头儿家隔着一道院墙，鸡一般不会到这里来串门的。老孙头儿有些生气，跑出屋，拿着扫帚，把鸡赶走。谁想一连几天，这几只老母鸡轻车熟路大摇大摆总来啄老倭瓜花，吃上嘴了。老孙头儿气愤填膺，运住了气，压住了火，悄悄地走出屋，蹑手蹑脚地走下台阶，走到一只芦花鸡的身边，一把抓住它的脖子，使劲儿往地上一甩，鸡咯咯地惊叫几声，鸡毛横飞出几片，躺在了地上。其他几只芦花鸡，吓得一溜烟儿跑走，老孙头儿气哼哼地转身回了屋。

白家老妈听见自己的鸡惊叫的声音不对劲儿，跑出屋子，一看跑回来的鸡少了一只，咕咕叫了好几声，也没见任何动静。白家老妈三步两步跑到老孙头儿家前，一眼看见了躺在地上的芦花鸡，赶紧弯腰把鸡抱了起来，一摸，已经没了气，立刻气不打一处来，指着老孙头儿家就大声叫骂起来：老孙头儿，你个老绝户头的混蛋，给我滚出来！

　　老孙头儿听见骂声，走出屋，说道：你青天白日的怎么跑到这里来骂大街呀？

　　为什么骂你，你欠骂，你还欠抽呢！你看看我的鸡！

　　听着白家老妈的话，老孙头儿才看见了她的怀里抱着只芦花鸡。

　　是你把我家的芦花鸡给摔死的吧？

　　老孙头儿无话可说，是自己摔的，他不是那种赖账的人。

　　你说说，怎么办吧，这只鸡可是我们家最下蛋的！

　　白家老妈这句话，拱起老孙头儿的火，他反问道：怎么办？你说怎么办？你家养的鸡不好好关着，怎么跑到我家来了？

　　两人激烈地吵了起来。白家老妈让老孙头儿赔她下蛋的鸡；老孙头儿让她先赔自己老倭瓜结的花。白家老妈说她的这只鸡要是活着，得下多少个蛋；老孙头儿说你的鸡一共吃了我多少老倭瓜花，一个老倭瓜花，以后就得结一个老倭瓜，你说你得赔我多少老倭瓜吧……

这话把白家老妈的火给激了上来,她一把把鸡丢在地上,指着老孙头儿大骂道:好你个老孙头儿,你跟我在这儿逗咳嗽是不是?好啊,那你得好好地赔赔我,你说我这只芦花鸡得下多少鸡蛋,每个鸡蛋得孵出多少小鸡,小鸡长大了,又能下多少鸡蛋?你掰开手指头好好算算清楚,赔吧!

……

这场罗圈仗,什么时候结束的,后来人们谁也说不清了。老孙头儿和白家老妈这一通唇枪舌剑,在场的老街坊,开始想上去劝架的,一听他们两人你一句我一句的,跟侯宝林和刘宝瑞说相声似的,都想看热闹,谁也不想上来劝架了。

这件老倭瓜花大战芦花鸡的事情,成为我们大院历史中精彩的一幕,一直到现在,依然被老街坊们津津乐道。那几年饥肠辘辘的日子里,文化跟着缺吃少穿一起荒芜,这一幕确实比当时的演出要精彩,而且就发生在我们身边,是那么真实。老孙头儿一辈子再没有这样出色的口才发挥,白家老妈也再无这样敏捷的反应和强词夺理。

# 槐　花

小时候，我们大院里有一棵老槐树。在我们大院前的那条老街上，种着好多槐树。记忆中的北京城，槐树很多，几乎到处都可以碰到。小时候，这样的印象很深。

这样的印象，源于小学高年级到初中那几年，正赶上全国闹自然灾害，粮食定量，买粮食要粮票，粮食总是不够吃。各家都想办法挣点儿钱，好去黑市上换点儿粮票。在我们大院里，不知谁发现了，槐花可以卖钱。槐花晒干，可以入药。我们这条老街的东头，坐落着同仁堂药店的制药车间，那里就收购槐花。这样的信息被印证，迅速传开。于是，夏天槐树开花的时候，很多家的大人孩子都举着高高的竹竿，拿着麻袋，开始打槐花。

这些竹竿，以前是晾衣服用的，现在派上了新的用场，挥舞竹竿，如同舞枪弄棒，是我们小孩子最爱干的事情。院子里的那棵老槐树上的槐花，哪里经得住这么多人打？很快，就被我们连叶子都快打光了。高举竹竿打槐花的队伍，浩浩荡荡，从院里出发，到大街上，到别人家的大院里，到处寻找槐树，为此和别的院子的人没少争吵，乃至打架。

因为我家的竹竿不够长，够不着槐树高枝上的槐花，母亲用绳子替我又绑上一截竹竿。记得有一次，打槐花时用力过猛，绑上的那一截竹竿的绳子断了，竹竿落下来，正好打在邻院一个大男孩子的脑袋上，他二话没说，上来一把就把我推倒在地上，然后，又不依不饶把我已经打好装了小半麻袋的槐花都倒在地上，气哼哼地使劲儿用脚踩烂。我上前要和他打架，被院里的一个大哥哥拉住。回家的时候，他悄悄把他麻袋里的槐花匀出一部分，装进我的麻袋里。

印象中，晒干后的一斤槐花才卖几分钱，或者最多是一角钱。但那时候一斤棒子面才要八分钱，这样的几分钱、一角钱，也是钱呀。因此，再便宜的收购槐花的价格，也没有减少大家打槐花的热情。槐树开花的周期长，从6月一直能开到8月，正好赶上我们放暑假，便将打槐花当成热热闹闹的游戏，连玩带打，不亦乐乎。如果碰上打架，架不住我们人多势众，很多时候，更愿意起哄架秧子。在生活艰辛中找乐子，成为了打槐花衍生出来的附属品。

前两天，在小区里散步，突然一阵风来，吹落了眼前一片槐花如雨，才发现这里种着一排槐树，这么多年了，天天和它们擦肩而过，却居然视而不见。又有一夜雨过，这里满地槐花如雪，才发现槐花居然是这样多，风吹雨打，依然能顽强不歇地开放出新花来。

没有人再来打槐花了。

城隍庙

世邦唐广 3 城隍庙 Faxing 2022.9.15.

# 合　欢

第一次见到合欢，在台基厂。

那一年暑假，我马上读五年级，自觉得长大了，第一次去王府井，王府井南口，有当时北京最大的新华书店，我想到那里看书、买书。刚进台基厂南口，一眼看见合欢，满树开满的那种花，我从来没有见过。不是常见的红色、猩红色和粉色，是那种梦一样的绯红色，毛茸茸的，那么轻柔，仿佛一阵风吹来，就能把花都吹得飞起来，像跳着芭蕾舞一样，轻盈地飞满天空。台基厂整条街两旁，都飘浮着这样绯红色的云朵，我像走进童话的世界。

有一天下午从新华书店出来，走到台基厂的时候，光顾着抬头看花，没留神撞到一个人，是一个中年女人，个子很高，微微发胖，面容白皙，很漂亮，穿着也很漂亮的连衣裙。我连忙向她道歉，她笑笑，没说什么，只是用手摸了一下我的头发，便向前走去。我跟在后面，好几次想快走几步超过她，赶紧回家。不知怎么搞的，总不好意思，就这么一直跟在她后面，看着合欢的花影落满她的肩头，连衣裙的裙摆被风微微吹起。

她就那么不紧不慢地在我前面走着，没有想到，她走过台基厂，走过后河沿，走到我家住的那条老街，居然也是往西拐，一直走到我读书的前门第三中心小学，走到乐家胡同的时候，拐了进去。我愣愣地站在乐家胡同口，望着她的背景消失在胡同尽头。好长时间，我都弄不清当时我为什么望着她的背影，望了那么久。

暑假过后，开学第一天，上学路上，我居然又遇见了她。和她擦肩而过的时候，她又冲我笑笑，好像也认出了我。但是，没有和我说话，也没有摸一下我的头发。

以后，几乎每一天清早上学的路上，总能遇见她，每一次，她都冲我笑笑。笑得很和善，很慈祥，很好看。在以后的日子里，回想起每天上学路上和她的邂逅，我才发现，是自己的潜意识里，觉得她的样子、她的笑，像是妈妈的样子、妈妈的笑。其实，早在我五岁的时候，妈妈去世了，妈妈的样子、妈妈的笑，我没有一点儿印象。

一直到有一天上学的路上，看见她向我走过来，有几个小孩子从我身边跑过，一边叫着方老师，一边向她跑过去，我才知道，她是老师。进乐家胡同不远，是贾家花园小学，我们院里的孩子，有的在那里上学。自从知道她是贾家花园小学的老师，不知怎么搞的，我异想天开，总想转学到贾家花园小学，她当我的老师才好。

读中学以后，我再没有见过她。偶尔，我会想起她。高一那年的暑假，我重走台基厂，到王府井新华书店买书，绯红色的合欢依旧满树轻柔地飘浮。我再一次想起了她，写了一篇作文《合欢》。

1973 年秋，父亲突然病故，我从北大荒回北京，一时待业在家，母校第三中心小学的校长，好心要我去代课。第一天早晨上课，走过乐家胡同的时候，我再一次想起了她，甚至幻想，会不会像小时候能再次遇见她？可是，我再也没有见到她。

# 秋海棠

初三那年暑假，我的一篇作文参加北京市少年作文比赛获奖，成为大院里的一桩新闻。秋天，开学之后不久，一个女孩子到我家找我，她和我年龄差不多大，不过，我忘记了她叫什么名字，只知道姓黄。因为她父亲是一所中学里教俄文的老师，大家都叫他黄老师。她父亲和母亲都在同一所中学教书，她整天跟着父母上学去放学归，和我们从不来往。我很奇怪她怎么会突然跑到我家里找我，有什么事情吗？

她说她父亲叫我去她家一趟。我跟着她去了她家。黄老师，在我们大院属于赫赫知识分子，有人说以前在大学里教书；也有人说以前是俄文翻译；后来，出了变故，才到中学教俄文。还有人说他有了个亲戚，是个作家，写过长篇小说《边疆晓歌》，前几年还来他家看过他。我刚看过《边疆晓歌》，记得作者也姓黄，便觉得和黄老师是亲戚不会有错。那时候，作家没有如今这么多，写长篇小说的作家少得更是数得过来，对作家有种神秘感，觉得有个作家的亲戚，很神奇，便对黄老师也感到有些神秘。不知道这天他怎么突然想起找我？

我是第一次进他家，黄老师见我说：听说你作文获奖了，才知道你爱读书，我这里有些书，你想看什么，就拿几本看。说着，他领我走进他的卧室，我一眼看见床边顶天立地立着两个大书柜，很是惊奇。那时，我是个没见过世面的雏儿，第一次见到书柜，以前，只见过书架。黄老师指着书柜对我说：你随便挑吧，看你喜欢读什么。

我心里想先找找有没有那个长篇小说《边疆晓歌》，如果真是亲戚，还专门来过他家，应该有这本书。也许是书柜里的书太多，我挑花了眼，没有发现这本书，发现书柜里俄罗斯的文学作品比较多，我挑了两本，一本普希金诗集，一本普希金小说集。

我谢过他后，出卧室门前，在他的写字台（那也是我第一次见到写字台）上，看到一小盆花，开着猩红色的小花，有意思的是，叶子也是红的。我不认识这种花，随口问了句：这是什么花啊，这么好看？黄老师告诉我是秋海棠。我看过秦瘦鸥的《秋海棠》，又随口说了句：就是小说《秋海棠》里的秋海棠吗？黄老师冲我笑笑点点头，说了句：你爱看书，真是个好孩子！

不知为什么，这么多年过去了，普希金没有秋海棠留给我的印象深。

大觉寺 前 引处

壬寿 腊月 清华

# 西府海棠

在北京，种有西府海棠的四合院很多。其中有一个小院，最让我难忘，便是前辈作家叶圣陶先生家，院子里有两棵西府海棠。

第一次走进东四八条这座西府海棠掩映的小院，是1963年的暑假，我还只是一个初三的学生。那一年，北京市少年儿童征文比赛中，我的一篇作文获奖而得到叶圣陶先生的亲自批改，并得到叶圣陶先生的接见和教诲。那个下午，是叶至善先生站在门口，因为个子高，他弯着腰，和蔼地掀开竹门帘，带我走进叶圣陶先生的客厅。这个印象很深。那时候，我不知道，是他从二十四篇作文中选了二十篇交给他父亲，其中有我的那一篇，要不我不会和这座小院结缘。

我和叶至善先生的女儿小沫同岁，同属于老三届，"文化大革命"中，都去了北大荒，彼此有信件往来。第一次回家探亲，我和她约好，想到她家看望她的父亲和爷爷。我和我的弟弟，还有一位同学一起来到那座熟悉的小院，叶至善先生到河南潢川五七干校放牛去了。只有叶圣陶先生在，见到我们，很高兴，要我们每人演一个节目，老人看得津津有味。聚会结束，叶圣陶先生还走出小院陪我们照相，就站在西府海棠的下面。只是树叶枯干凋零，积雪压满枝头，一片肃然。

在北大荒，我在猪号喂猪，成天和一群猪八戒厮混，无所事事，一口气写了十篇散文，寄给小沫看，她转给了她的父亲。那时，叶先生刚刚从河南干校回来，赋闲在家，认真地帮我修改了每一篇单薄的习作。我们便有了整整一个冬天的信件往来，他对每篇都提出了具体的意见，有的还帮我一遍遍修改，怕我看不清楚，又特意抄写一份寄我，然后在信中写道："用我们当编辑的行话来说，基本可以'定稿'了。"我将十篇中一篇《照相》寄了出去，真的"定稿"了，发表在那年复刊号的《北方文学》上。这是我的处女作，可以说，是叶家父子两代人鼓励并具体帮助我走上了文学之路。

叶家小院，虽不常去，偶尔还是拜访。前些年秋天的一个下午，我去得早了些，走进熟悉的小院，又看见了那两株西府海棠，不禁仔细看看，想起叶先生说它们"很通人性"，"文革"开始时候，小沫、小沫的弟弟，还有先生，都先后离开了家，海棠枯萎了；后来，家人陆续回来了，它们又茂盛了起来。

那天，临别走出屋子，在那两株熟悉的西府海棠树下，我和小沫站了很久，说了一会儿话。午后的阳光很温暖，能看见枝头上青青的小海棠果在阳光中闪烁。我想起叶圣陶先生去世之前的春天，叶先生陪着父亲和冰心一起在这个小院看海棠花的情景。那天风很大，却在冰心到来的时候停了；那天，海棠花开得很旺。

如今，海棠依旧。年年花开。叶圣陶和叶至善两位老人都已经不在了。

# 三角梅

国庆节前，从西天门通往祈年殿的大道和丹陛桥两旁，摆上好多盆三角梅，成为天坛最为鲜艳夺目的花季。这些三角梅，被工作人员培植得枝干越发粗壮，简直像一株株童话的树木。

坐在靠近西天门的长椅上，画面前花盆里三角梅的时候，坐在我旁边的一位老人瞥了我一眼，对我说了句：画三角梅呢！

我忙点头称是，说道：画着玩！

他没有接我的话茬儿，也没有再看我的画，接着闭目养神，似乎在想着心思。停顿半天，忽然冒了句：三角梅！好像不是对我讲话，像自言自语。这让我有些好奇，合上画本，望了望他。

他看见我在望他，微微一笑，摇了摇头。

我小心地问：您怎么啦？

没事！他又摇摇头，用手指指我的画本，又指指前面的三角梅的大花盆，重复说了句：三角梅！

我猜想，三角梅肯定让老爷子想起了什么，好奇心让我追问道。

老爷子看出了我的心思，对我讲起了三角梅的一段往事。

疫情暴发前两年，老爷子的儿子在一个高档社区买了一处二手房。之所以动心并果断买房，是因为比同样的房子便宜了二十多万。一楼三居室，房后带一个小花园，花园开有一门，可以经过花园直通房内。儿子很满意，当场决定下手。房东是位老太太，对儿子说：我只有一个要求。儿子说：什么要求，您说！

老太太拉着他走出花园门，紧靠门的篱笆前放着一辆酒红色的老年代步车，车的四周被密密的三角梅包围，三角梅不高，长在不大的花盆里，正开着鲜艳的花。老太太指着车和三角梅，对儿子说：这车和这花，我请你能一直保留，到时候替我浇浇水，保养保养，如果冬天下雪，搬进屋里去。

儿子有些奇怪，看这一圈三角梅开得不错，但这辆老年代步车已经锈迹斑斑了，为什么不卖掉或处理它，还非要保留？

老太太说：这辆车是我家老头儿搬到这里来的时候买的。他一直想买辆车开，我对他说都那么大岁数了，买车干吗？他说有辆车出门买东西方便，还可以带上我到公园去转转。可我们原来的家住的地方窄，放不下一辆车。我们买的这房子也是二手房，地方宽敞了，停车没问题了，他就又提起买车的事。在我们家，大小事，一直都是我拿主意，拿定主意，他也就不再说什么了。只有买这个电动车，他一再坚持，我心想，都过一辈子了，就让他也拿一回主意。二话没说，立马就买了车。谁想买了车的第二年夏天，心脏病突发，人就走了。

原来是这样。儿子望望老太太，正和老太太的目光相撞。儿子忙把目光错开了。

老太太接着说：当时，有好多人劝我说趁着车还挺新的，卖了吧。我不想卖，怎么说，老头儿活着的时候，是老头儿的一个抓挠；老头儿不在了，是我的一个念想。我就买了好多盆三角梅，把车围起来了。谁想到，第二年，花没有死，还能开，挺皮实。我家老头儿走了都快三年了，你看，这花开得还挺好的！

儿子明白了老太太的心思，连连点头说：您老人家放心，我一定好好伺候这车和这花。您什么时候想回来看看这车和这花，我保证它们还像现在一样好好的！

老爷子讲完了。我们都沉默了，沉默了许久。面前那盆硕大的三角梅前，人来人往，来拍照的人很多。秋风中，三角梅薄如蝉翼的玫瑰色花瓣轻轻抖动着，梦一样，飘飘欲飞。

十年前的夏天  Fuxing  2022.7.3雨中.

# 芍 药

　　天坛百花亭一侧，有一片芍药园，花开的时候，有不少人到这里看花、拍照。那天上午，我坐在芍药园前的椅子上，画芍药丛中正在看花的人影憧憧，一位老太太坐在轮椅上，一个年轻女人推着轮椅，缓缓来到我的身边，在芍药栏前停了下来。

　　听那个女人对老太太说：奶奶，我给您和花一起照张相吧。

　　老太太摆摆手，说：老眉咔嚓眼的，照哪门子相呀！

　　女人坚持着：照张吧，回家好给阿姨看看！

　　我听出来了，说话的年轻女人，是老太太的保姆，她口中说的阿姨，一定是老太太的女儿了。看样子，保姆三十多岁，老太太得有八十多了。

　　老太太转过身，望着芍药花，半天没有动窝。保姆无意看花，无事可干，来回溜达。满园的芍药开得正旺，天气也好，阳光洒在花朵上，格外明亮照眼。老太太坐在轮椅上看花的背影，被我画在画本上。

　　保姆忽然看见了我的画，高声冲老太太叫道：奶奶！您快来看啊，他画您呢！老太太闻声转过身来，保姆已经跑了过去，推着轮椅，把老太太推了过来。我赶紧缴械投降一般把画本递给老太太：您看看，画得不好！

老太太看了两眼，把画本还给我，没说话。过了好半天，才说了句：我家老头儿也爱画画。这话好像是对我说，但更像自言自语。

我搭了句：是吗？那多好啊！怎么您家先生没跟您一起来看花呀？

保姆嘴快：爷爷不在了！

我不好意思地对老太太说：真对不起！

老太太摆摆手说：没关系的，都走了三年了！

就这样，我和老太太说起话来。老太太一肚子的话，似乎也想对人倾吐一下。她告诉我，她和她先生原来在林业部工作，二十世纪五十年代，支援边疆建设，下放到大兴安岭林场。他们有一个女儿，从大兴安岭考进了北京的大学，毕业后，留在北京安家立业，挣钱不少，日子过得不错。老两口退休后，又回到北京，住在女儿家。要说女儿家足够大，足够老两口住。可是，先生嫌住得憋屈，又是高层，也不接地气。老太太心里清楚，先生一辈子的爱好就两个，一个画画，一个种花。画画，憋在楼里，好歹也能画。种花，就在阳台那点儿地方，怎么种得开？女儿从老太太那儿问清了是怎么一回事，二话没说，就在近郊给老两口买了一处房子，新建的高档社区，花园洋房，完全矮层。买的是一层，有一个二十多平方米的小院，让她爸爸敞开地种花养花！

"那是二十年前的事了，房子才四千多一平方米。我们两口子都是学林的，种花，我家老头儿在行！他亲自去苗圃买来二十多株芍药苗，他喜欢芍药，在东北，天冷，没法伺候这种花，回北京可中了他的意，他专门挑那些名贵的，花了不少钱。他喜欢，就由着他的性子来呗！"

说起往事，老太太浑浊的眼睛里有了光，二十年前的事，就像昨天发生的一样。我搭了句嘴：那您家的芍药一定种得非常好了！

那是！老太太接着说，芍药花开的时候，小区里的好多人，都要到我家来看花呢！芍药和牡丹花开得都大，特别喜兴，就是难养，特别是得用大肥！

我知道什么叫大肥，是把猪的下水沤烂了，施在花根下面。所以，不像草本的花，浇点水就行。

老太太听我这么说，遇到知音一般，对我说：可不是怎么着？那时候，我家院子里有一口小缸，专门盛这些东西。你知道芍药开花就在这几天，顶多十天半个月，我家老头儿为了这十天半个月的花开，得忙乎一整个春天。

说罢，老太太轻轻叹了口气。没再说话。眼前的芍药花，让她想起了她的先生。

沉默了好久，我对老太太说：您家先生一走，您家的芍药花肯定也就不行了吧？

老太太一挥手说：这你就错了。我家的芍药花一直开得不错呢！

我赶紧找补：花也通人情呢！

老太太说：是啊！就冲这芍药，我也不舍得离开那个房子呀！我孩子不干，非要我搬到她家里，在她眼皮底下放心些。这不，磨蹭了两年多，摔了一个跟头，伤了胯骨轴，孩子说什么也不干了，最后，只好把那边房子卖了，搬到这边来了。

我问：您舍得那边的芍药花吗？

怎么能舍得？可有什么办法呢？这不，今年芍药花开的时候，只能到天坛这里看看了！

一直没说话的保姆，这时候说道：奶奶，哪天让我阿姨开车，带您回那边看看呗，花开得也正好看呢！

老太太摇摇头。

(二步侨广场) RUXING 2022.9.16 颐和园

# 藤萝花

第一次见藤萝花，是我高三毕业那一年，报考中央戏剧学院，初试和复试，考场都设在教室和排练厅里。校园不大，甚至没有我们中学大，但是，院子里有一架藤萝，很是醒目。正是春末，满架花开，密密麻麻簇拥一起明艳的紫色，像是泼墨的大写意，恣肆淋漓，怎么也忘不了。春天刚刚过去，录取通知书到了，紧跟着"文化大革命"爆发，一个跟头，我去了北大荒。那张录取通知书，舍不得丢，带去了北大荒。带去的，还有校园里那架藤萝花，开在凄清的梦里。

第二次见到藤萝架，是我从北大荒刚回到北京不久，到郊区看望病重住院的童年朋友，一位大姐姐。一别经年，没有想到再见到她时，瘦骨嶙峋，惨不忍睹，童年时的印象，她长得多么漂亮啊，街坊们说像是从画上走下来的人。我陪她出病房散步，彼此说着相互安慰的话——她病成这样，居然还安慰我，因为那时我待业在家，没有找到工作。医院的院子里，有一个藤萝架，也是春末花开时分，满架紫花，不管人间冷暖，没心没肺地怒放，那样刺人眼目，扎得我心里难受。紫藤花谢的时候，她走了。走得那样突然。

在北京，春天的藤萝花很普遍，只是童年和少年的我见识浅陋，没有见过罢了。仅在宣南，就有杨梅竹斜街梁诗正（时任吏部尚书）的清勤堂，虎坊桥纪晓岚的阅微草堂，海柏胡同朱彝尊的古藤书屋、孔尚任的岸堂，和琉璃厂夹道王渔洋的故居，这五家的紫藤最为出名，据说这五家的紫藤都为主人当时亲手种植。"满架藤荫史局中"；"庭前十丈藤萝花"；"藤花红满檐"；"海柏巷里红尘少，一架紫藤是岸堂"；"诗人老去迹犹在，古屋藤花认旧门"。这五句诗，分别是写给这五家紫藤的，也是后人遥想当年藤花盛开如锦的凭证。那里，离我家都很近。

如今，只有天坛里的藤萝架，我常去。我的两个小孙子每一次从美国回北京探亲，第一站，我都会带他们到天坛，到藤萝架下。可惜，每一次，他们来时都是暑假，都没有见到藤萝花开的盛景。这是特别遗憾的事情，不知为什么，我特别想让他们看到满架藤萝花盛开的样子。

冬天到了的时候，再来到藤萝架下，叶子落尽，白色的架子，犹如水落石出一般，显露出全副身段，像是骨感峥嵘的裸体美人，枯藤如蛇缠绕其间，和藤萝架在跳一段缠绵不尽又格外有力度的双人舞，无端地让我想起莎乐美跳的那段妖娆的七层纱舞。

想起五一前藤萝花开的时候，正是桑葚上市的季节，我用吃剩下的桑葚涂抹了一张画，画的是这架藤萝花，效果还真不错，比水彩的紫色还鲜灵，到现在还开放在画本里，任窗外寒风呼啸。

# 白葫芦花

从北大荒插队刚回北京的第二年，我搬家到陶然亭南。那里新建不久一排排红砖房的宿舍，住着的都是修地铁复员转业落户在北京的铁道兵。

那时候，我在中学里当老师，开始在报刊上发表文章，这里的街坊在报纸上看到，见到母亲时，常常夸我，让母亲很有面子。在这片地铁宿舍，我算是有点儿文化的人，颇受这些淳朴的街坊们尊重。

夏天一天晚饭过后，一位街坊来到我家拜访。是一个中年男人，很瘦，很黑，很客气。我第一次见到他，才知道他就住在我家后排，姓陈，湖南人。落座之后，他直言相告，想求我帮他写个状子。我问他要告谁呀？他垂下了头，沉吟一会儿，才抬起头来告诉我，是要告他老婆。我问他为什么呀？他对我说：哪天有工夫，你来我家一趟，我给你看样东西。然后，又对我说：我歇病假，哪天都在家。

第二天下午没课，我从学校回家早，去了他家。他趴在地上，从床铺底下拉出一个小木箱，在箱子里的一个土蓝色的包袱皮里，掏出一个大信封，递给我。是几封情书，另外一个男人写给他老婆的。他从中找到一封，对我说：你重点看看这封。这封信里白纸黑字说孩子是老婆和这个男人的。我明白了，这是压到骆驼的最后一根稻草。

他是信任我，才找我帮助他写这状子，但我也不知道该不该帮助他写。我写过一些小说和散文，从来没像宋世杰一样写过状子呀。

他看出了我的犹豫，接着对我说：我现在病了，不瞒你说，是肝病，挺严重的，说不准哪天就不行。可越是病了，越觉得忍不下这口气。你说要是你，你忍得下吗？

我无言以对。就在这时候，院子里传来了孩子的笑声。他赶忙把信塞回包袱皮里，藏好在箱子里，把箱子推进床铺底下。

他送我走出屋门，我看见一个十来岁的小姑娘蹦蹦跳跳向他跑了过来；小姑娘的身后，站着一位不到四十岁的女人，我格外注意地看了她一眼，长得挺俊俏。她的头顶是一个铺满绿叶的架子，午后的阳光，透过密密的叶子，在她的身上跳跃着斑斓的影子。她冲我笑笑，说：是肖老师来了，怎么不再坐会儿？我挺尴尬的，慌不择言地指着架子说：开这么多的白花，这种的是什么呀？

她说：是葫芦。

我第一次见到葫芦开花。满架的绿叶间，白色的葫芦花开得像一层雪，风吹过来，像一群翻飞的白蝴蝶。

老陈又找过我好几次，在他的坚持下，我帮助他写成了一个状子，他看后说我写得力度不够，这样到法院真的打起官司，赢的把握悬乎。我趁机劝他，你自己都觉得悬乎，干吗非得要告你老婆。一封信上说的话，就能证明那孩子不是你的？人家法院就能信？再说，你把孩子都养了十来年了，你舍得不要了，给别人？接着，我又问他：你老婆对你好不好？这么漂亮的老婆，你舍得不要了，给别人？他不说话了，我看得出，他犹豫，又不甘心。

　　告状这事，老陈一会儿气哼哼的非告不可，一会儿又瘪茄子不吱声了。按下葫芦浮起瓢，就这么自己折磨自己，有时候摔盆摔碗和他老婆闹，常常是她的闺女跑来找我去他家劝架。就这样，好好坏坏，一直闹腾到了秋天。

　　老陈的病到了肝腹水的程度，行动不便，很少出门，到医院去看病，都是他老婆蹬着平板三轮车，驮着他，穿过沙子口的粮库和地道，到永外医院，一路不近呢。最后，他住在医院里，已经无法出院了，也是他老婆一夜一夜守着他。我去医院看过他，对他说：有这样一个女人，是你的福气，别再提离婚的事了！他不说话。

　　那一年冬天，老陈病逝。他老婆料理完后事，准备回湖南老家。我问她还回北京吗？她摇摇头。

　　临别的时候，她带着孩子来我家一趟，对我说：我知道你帮我家老陈写状子告我的事情。我非常尴尬。她接着说——

她比老陈能说多了：老陈的心情我理解，不过，这事你信吗？然后，她这样反问我。她来我家是送我用半拉葫芦做成的瓢。最后，她对我说：老陈临走时嘱咐我做的，他说你稀罕这玩意儿！

　　她离开北京后，她家的房子换了主人。新搬来的人家，把葫芦架拆了，改种一个葡萄架。我再也没见过白葫芦花了。

多年来到事今雨轩 LuxinG 2022.9.18中山公园

# 猫脸花

四十九年前，我在一所中学里教书。那一年刚刚入夏，天就拼命地下雨，而且，很奇怪，必是每天早晨下，中午停。有一天，出门没多远，我的自行车的车锁的锁条突然耷拉了下来，挡住了车条，骑不动了。雨下得实在太大，我拖着车，好不容易找到个自行车修理铺，修车师傅帮我修好车锁，我骑到学校，小半节课都过去了，学生看见的是淋成落汤鸡的我出现在教室的门口。

下午放学，骑上车没多远，车锁的锁条"当啷"一声，又耷拉了下来，又没法骑了。先去修车吧。修理铺离学校不远，修车的家伙什都放在屋子窗外的一个工作台上，屋里就是家。修车的是个二十多岁胖乎乎的姑娘，比我教的学生大不了几岁，长得不大好看，一脸粉刺格外突出。心想，肯定是接她爸爸的班，也肯定是学习不怎么样，不得已才来修车。

不过，人不可貌相，小姑娘修车很认真仔细，见她拉开工作台上满是油腻和铁末的抽屉，一边找弹子，一边换车锁里坏的弹子，有些抱怨地对我说：谁给您修的锁？拿个破弹子穷对付，全给弄坏了，真够修的！很有耐心地从抽屉里不停地找弹子，然后对准锁孔，把弹子装进去，不合适，再把弹子倒出来，重新装，像往枪膛里一遍遍地装子弹，又一遍遍地退出来，不厌其烦，也不亦乐乎。工作台上，一粒粒小小的银色弹子，已经头挨着头摆成一排，在夕阳下闪闪发光。

其实，她完全可以对我说这个锁坏了，修不了啦，换一个新的吧。她的工作台旁，就放着各种样子的新锁。换新锁，可以多挣点儿钱。我开始有点儿替她感到委屈，有些不落忍地这样替她想。可她却依然较劲地修我这个破锁，好像那里有好多的乐趣，或者非要攻占的什么重要山头，不把红旗插上去誓不罢休。而且，她还像个小大人似的，以安慰的口吻对我说：您别急，一会儿就好了！省得您过不了几天又去修，受二茬子罪！

我站在那儿看她修，无所事事，四下里闲看，忽然看见她背后的窗台上摆着两盆花。是两盆草本的小花，我走过去细看。花开的颜色挺逗的，每一朵有着大小不一的紫、黄、白三种颜色，好像谁不留神把颜色洒在花瓣上面，染了上去，被夕阳映照得挺扎眼。没话找话，便问她：这是你种的？什么花呀，挺好看的！

她告诉我，这叫猫脸花。她又告诉我，这是她爸爸帮助她淘换来的药用的花，把这花瓣揉碎了，泡水洗脸，可以治粉刺。然后，她冲我一笑：说是偏方，也不知道管用不管用！

锁修好了，再也没有坏，一直到这辆车被偷。

现在，我知道了，她说的猫脸花学名叫三色堇。我读中学的时候，读过的外国文学作品中，好多地方写到了三色堇。前不久，看到巴乌斯托夫斯基不吝修辞地形容它："三色堇好像在开假面舞会。这不是花，而是一些戴着黑色天鹅绒假面具愉快而又狡黠的茨冈姑娘，是一些穿着色彩缤纷的舞衣的舞女——一会儿穿蓝的，一会儿穿淡紫的，一会儿又穿黄的。"

我想起了那个满脸长满粉刺的修车姑娘。当初，她告诉我它叫猫脸花。

# 腊肠花

今年初夏时节到广州，正好赶上邱方的新书《花有信，等风来——我的二十四番花信风》的首发式。主持人知道我和邱方之间长达几十年作者编者的关系，问我读了这本书，有哪些地方打动了我？是啊，哪里打动了我呢？写花，画花，是她从小的梦想，她心无旁骛，专心一意，一辈子坚持做这样一件事，事不大，却不是每一个人都能做到的。

活动结束后，漫步在广州初夏浓郁的夜色中，环市东路两旁种有好多棵腊肠树，这种树长得很高，鹤立鸡群于别的树木之上，绿叶间开满腊肠花。这是邱方非常钟爱的一种花，她兴奋地特意指给我看。在街灯的辉映下，腊肠花明黄鲜艳，一串串垂挂着，犹如盛放后定格在夜空中不灭的烟花。

这是邱方的这本书中写过画过的花。翻开书，先找到写腊肠花这一篇，重看她写它们"一树一树的黄花，一串串垂挂着，宛如一串串风铃，在风中摇头晃脑地歌唱；又像无数的蝴蝶在聚会，在阳光下闪着金色的光芒，又清新又俏皮"。每天，她就是在这条路上班下班，从家到出版社。夏日突如其来的暴雨中，金色的腊肠花随雨点纷纷而落，腊肠花便又有一个好听的名字，叫"黄金雨"。雨中从这条落满腊肠花的路上，她跑回家，或跑到办公室，发现鞋子和裙子上，沾满了腊肠花金色的花瓣。她说："落花不逐流水，却来逐我衣，心里是有小小惊喜的。"腊肠花，和她有缘。她和腊肠花心心相印。

花的美丽，和人性中的丑陋；花的脆弱，和人的柔韧；花的一刻绚烂，与人生命漫长的苦痛对比，都是带有命定般悲剧意味的。邱方的文字中，更多写出的则是悲剧意味中情感的温软、绵长与蕴藉。或者可以说，以情感的世界观照花的世界，对抗悲剧的意味。渗透着卑微渺小却野百合也有春天一样的人生价值，可以慰藉我们自己，安放我们自己情感的一方天地。

想到这儿的时候，我的心里忽然有些感动。这是她出版的第一本书啊。我不仅替她高兴，而且，非常感慨。感慨的原因，这是她的第一本书。作为编辑，为他人不知编辑出版过多少本书。刚才在会后我问她统计过没有这一辈子到底编辑过多少本书？她摇摇头，记不起来了。她的编辑工作是出色的，有目共睹的，曾经被评为出版界的全国劳动模范。但是，这却是她自己的第一本书，出版在她退休之后。而惭愧的我，在她的手下出版了十几本书，两厢对比，竟然是那么不成比例。

作为作者，离不开编辑，作者和编辑是鱼水关系，亦师亦友。从某种程度讲，编辑是作者背后的推手，一般读者看到的是文章或书籍上作者的名字，编辑隐在后面，像风，看不见，却吹拂着作者前行。写作几十年，报纸杂志和出版社负责我的稿子的责任编辑有很多，有不少从当初年轻到如今退休，他们都令我难以忘怀和感慨。邱方是其中之一。

不知为什么，回到北京，想起邱方，总还想起广州环市东路上的腊肠花。她的家，她曾经供事的出版社，都在这条路上。她就是这样一年四季每一天、每一天，从这里走过，拍照记录下鲜花和落叶，然后静静地为它们写下绵软的文字，画出她钟爱的水彩画。没有人会注意到一个娇小瘦弱的姑娘，在这条广州普通的路上，渐渐地走成了一个退休的老人家。

只有腊肠花花开花落。

走过荒原　Fuxing　2023. 4. 3.

# 木 香

来苏州，住在平江路隐居酒店，过一座小桥，往里拐一点儿就是。拐角临河处，有一家小店，名为"桃花源记"，和隐居酒店的名字倒很搭，一副不知有汉、无论魏晋的混不吝的潇洒劲儿。

这是家小饭馆。门脸不大，木窗泥墙，茅店板桥，古风淳朴。最引人的，是店前的一株木香，从房檐一直垂挂下来，如一道瀑布悬泻，铺铺展展，遮住半个店面，像是一位美人犹抱琵琶半遮面，欲说还休，娇羞含笑的样子，对着门前的石板路，和石板路下的小河流水，游船画舫，蕴藉有情，沧桑无语。

后来，在平江路这一带走，发现不少小店门前，不约而同，情有独钟，都种有木香。

4月的苏州，正是杜鹃花和紫藤花盛开的时候。杜鹃花花蕾大，颜色艳；紫藤花开满架，花串成珠，颜色更是打眼。木香花朵很小，月白色，或淡黄色，没有这两种花那么艳丽夺目。但是，木香花细碎成片，点点滴滴，如同印象派的点彩画，又比它们显得朴素而低调，像印在亚麻布上暗色的花纹，飞花如烟，暗藏心事；微风拂过，如蜂蝶密集飞舞，好像集结一起，兴致勃勃要赶赴什么乡间舞会，更具乡土味和平民气息。这样的木香花，和这样的小店，葡萄美酒夜光杯，最相适配。

南方小店，门前多种有花木点缀，这是占了气候温润和雨水丰沛的便宜。印象深的，还有云南的大理丽江一带的小店门前多有三角梅。和苏州小店相比，三角梅紫红色妖得打眼，显得风情万种，多少有些香艳招摇。还是木香好，内敛一些、朴素一些，似乎更接近古典和乡土的味道，如春茶相比于浓酒，如邻家小妹相比于浓妆艳抹或整过容的二三流明星。

北京的大店小店，以前很少有这样的花木植于门前。记得我小时候，家附近的鲜鱼口西口，有家田老泉老店，以前专卖毡帽，后改卖小百货。店前立有一个楠木雕刻而成的黑猴，火眼金睛，双手捧着个招财进宝的金元宝，很是醒目。北京的大小店家更讲究的，是店门之上的匾额，小店请凡人草就，大店请名家书写，过去有话说是"有匾皆垿书，无腔不学谭"，谭指的是大名鼎鼎伶界大王谭鑫培，垿指的是当时的翰林院的学士书法家王垿。

当然，这是京城的讲究，远离京城的南方小店，没那么多的讲究，门前随意的一株花木、几丛花草，就是最好的点缀和装饰。自然的气息，最富有天然的情味和野趣，最易于和普通人心相通相融，便也最便于和这座城市的地气和烟火气接通。

苏州小店前的木香，并没有什么浓郁的香味，却是分外沁人心脾。

# 紫　薇

　　紫薇很皮实，容易成活；开的花很鲜艳，紫红色的花朵遍布枝叶之间。而且，紫薇花期长，能够开满整整一个夏季，即使到了初秋，也能看到它的花影摇曳。如果在南方，到了寒露，还能见到它的花开。所以，人们又叫紫薇为百日红。

　　不少作家曾经为紫薇写过文章，比如苏州的周瘦鹃。写得最搞笑的，当数郭沫若。在《百花齐放》中，他应景为一百种花写诗，写到紫薇时，他这样写道："皮上轻轻一搔，全身就会摇动；人们因此又爱叫作怕痒花；其实我们倒不痒，并也不怕；只是告诫人们要规矩一些，为什么对于花木用手乱抓？"新诗从《天狗》《天上的街市》乱抓乱写到这份上，真的叫人无语。

　　不过，紫薇又叫作怕痒花，倒是从这首诗里知道的。那时，我正读中学，夏天到来的时候，曾经专门到公园里找到过紫薇，带有好奇又神奇的心思，用手在树干上摸了摸，然后抬头看看树，枝头上的紫薇花还真的动了动。

　　去年夏天，我带孙子到公园玩，看到紫薇，对他说：这树也叫作怕痒树，你只要用手在树干上摸一摸，枝子上的花就会轻轻摇动。孙子不信，用手轻轻摸了摸树干，枝头上的花一动不动。再用点儿劲儿摸，花还是不见动静。急得他使劲儿地摇动起树干来，紫薇花瓣不仅动了，还落在他身上几瓣。

后来，我查书，发现紫薇树皮容易脱落，露出里面树干的嫩肉来，再用手去摸，枝头上的花才会像过了电一样地动。就像俗话说的那样，隔着衣服，很难摸着麻筋儿。

为紫薇花著文，写得最漂亮的，得数汪曾祺。他写紫薇花开得茂盛繁密："一个枝子上有很多朵花。一棵树上有数不清的枝子。真是乱。乱红成阵。乱成一团。简直像一群幼儿园的孩子放开了又高又脆的小嗓子一起乱嚷嚷。"一连串干净简洁的短句子，最后一个比喻，通感，用声音形容花的繁茂火爆。起码在我有限的阅读范围里，没有见过对紫薇如此精彩的书写。

紫薇是一种古老的树木，白居易为紫薇写过诗，杜牧也写过，说明早在唐朝紫薇就存在了。在北京，有很多开花的古树，至今依然存活在古寺和皇家园林里，比如玉兰。但没听说过有老紫薇树。

我唯一见过的古老的紫薇树，是在广东中山市的小榄镇，那里有一片湿地公园，园里的一片坡地上，种着好多棵老紫薇树。我不知道它们具体的年头有多古老，只知道一年能开两季。和我见过的紫薇树完全不同，粗大的树干，高耸的梢头，沧桑的枝叶，可以和古松古柏相媲美。以前在北京见过的紫薇，都显得那样纤柔，那样小儿科了。

游趣园湛清轩 FUXING 2022.9.20 陶乐园

# 桂花六笺

## 一

小时候，我住的大院里，曾经有一株桂花树。那时候，北京的院落里，一般种些海棠、丁香、石榴、枣树之类，很少有见种桂树的。秋天时，它开花，花很小，藏在树叶间，不仔细看，几乎看不见。院里的街坊曾经用它加糖煮沸做过糖桂花。但是，在我的记忆里，似乎从来没有闻到过它的花香。这很奇怪，因为在书中看过介绍，说桂花的香味是很浓郁的。

那株桂花树没种几年，就死了。大概，水土不服。或者，在北京的大院里很难养。不过，这只是我的猜测，我们大院里曾经有三棵枣树，据说，是前清时候的老树了。还有两棵丁香，一棵开白花，一棵开紫花。这几棵树，先后也都死了。

如今，我们的大院，都没有了。前几年，拆了。

## 二

到北大荒插队的第三年，我第一次回北京探亲。和当时

121

在青海石油局当修井工的弟弟约好，一起去十三陵游玩。正是秋天，一进十三陵景区大门，便闻到一股浓郁的香味。我从来没有闻到过这样的香味，那香味，真的好闻，直冲进肺腑，翻着跟头似的，泛着冲天香气，当时，想到的一个词，就是沁人心脾。

再往里走，看到甬道两旁，摆着两排花盆，里面种的是桂花，树都不高，但那香味，真的是格外浓，浓得像一杯酒。没有风，却像是被风吹着，紧跟着你，缭绕在身旁，久久不散。

别的树开花的时候，很多花是很漂亮的，比如梨花如雪，桃花似霞，樱花如梦，榴花似火，合欢花恰如绯红的云彩……但是，一般越是开得漂亮的花，都没有什么香味。

也曾经闻到过有些树的花香，印象中最为芬芳的是丁香。但是，和桂花的香味相比，还是淡了些。如果丁香像是一幅水彩，桂花则像是一幅油画，最起码也是一幅水粉。丁香的花香雅致，桂花的香气撩人。

很久很久以后，就是如今过去四十多年了，只要一想起那年十三陵的桂花，那股香味，似乎还缭绕在身旁。

那一年，我正在恋爱。

结婚的时候，没有酒席，只是家人和几个朋友吃了一顿晚饭。我在街上买了一瓶桂花陈酿。

# 三

1986 年，我写了一本长篇小说《早恋》。写的是中学生的感情生活。不少中学老师不以为然，视若阴霾。但是，江苏常熟的一位中学的班主任，却特意将这本书推荐给他的一位女学生。这位女学生走出了青春期所谓"puppy love"（小狗之恋）的旋涡之后，给我写了一封信。

那时候，她正读高中。从此，一直通信到现在。在所有和我通信的人中，包括亲人和发小或一起插队的朋友，都没有她和我通信的时间长。在我人生中的，算是一个奇迹。

更奇迹的是，在她和我通信第二年的秋天，她的家乡桂树开花的时候，她在信封里夹了一些晾干的桂花寄给我。从她读高中开始，一直到她工作几年以后，一直坚持了好多年。没有任何一个人，这样给我寄过桂花；我也从未想起过，给任何一个人这样寄过桂花或其他的花。或许，这只是带有孩子气的举动吧，人长大以后，会羞于此，或不屑于此吧。

但我很感动。每一年的秋天，江南三秋桂子盛开的时候，接到她寄来夹带桂花的信，没有拆开，就已经闻到了桂花的香味。

其实，晒干的桂花是没有什么香味的。我却每次都能够闻得到。

前两年的秋天，她到北京出差。坐高铁从常熟出发到北京站，换乘地铁到我家，我去地铁站口接她，看她沿着滚梯上来，手里提着一个竹篓，里面装满了螃蟹。是秋季阳澄湖螯大肉肥的螃蟹。

我谢过她，心里忽然想起的是，以往每一年这时候她寄给我的桂花。算一算，快三十年过去了。我老了，她也人近中年。

桂花！

## 四

在戏剧学院读书，教授中国现代文学史的曹老师，讲郁达夫，问学生谁读过郁达夫的小说《迟桂花》。我举手说我读过。曹老师让我讲讲小说的内容，我答不上来，只记得是一男一女在秋天桂花开的时候上山的故事。曹老师宽厚地让我坐下，自己讲了起来。

还是高中时候读过的书，中间隔去了一个"文化大革命"，晚了整整一个轮回十二年，才上的大学，是真正的"迟桂花"。

重读《迟桂花》，才发现小说中提到杭州的满觉陇桂花最出名，小说的男主人公和女主人公，一起上的是杭州的翁家山。郁达夫写了这样几句："在以桂花闻名的满觉陇里，倒闻不到桂花的香气……可到了这里，却同做梦似的，所闻到的尽是这种浓艳的气味。"他说这种气味："我闻到了，似乎要引起性欲冲动的样子。"

这后一句的比喻，是典型的郁达夫的语言。我再未见过用这样的比喻形容桂花的香气。

今年中秋前后，一连十天住在杭州。前一段时间，桂花打苞的时候，连下阴雨，打落好多花瓣，没落的花瓣，委屈地团缩着，影响了开放。所以，不要说满觉陇的桂花，就是西湖沿岸的桂花，都没有闻到郁达夫所形容的这样的香气了。

郁达夫的小说写得好，旧体诗写得也好。读他的旧体诗，有这样一联：五更食薯寒难耐，九月秋迟桂始花。说的还是迟桂花。看来，他对迟桂花情有独钟。在小说和诗中，他借花遣怀，说迟桂花开得迟，却香气持久。这是他小说的意象，是我们很多人心底的向往。

## 五

我见过园林中种植桂花树最多的，在四川新都的桂湖。之所以叫作桂湖，就因为桂花树多。绕湖沿堤一圈，乃至满园，到处都是。相传这些桂花树，都是当年杨升庵手植。这样的传说，我是不信的。

杨升庵是新都的骄傲。杨在京为官时刚正不阿，因对明武宗、世宗两代皇帝犯颜直谏，遭受贬黜，发配充军，最后客死他乡，如此颠沛流离的命运，令人唏嘘，也敬重。让他植桂花树于满园之中的传说，便让人坚信不疑。桂花树，其实是人们感情的外化。

如果赶上桂花盛放的时节，桂湖就像在举办一场新嫁娘隆重的婚礼，花香馥郁，如同婚轿和贺喜的人群，从入门处开始，一直拥挤着，摩肩接踵，水流一样，弥散到园子里四面八方的角角落落，处处都是桂花之香。银桂、金桂和四季桂，仿佛是小姑娘、少妇和老夫人，齐齐展展地都跑进园中看新娘，个个裙袂叮当，衣襟带香，沾惹得空气中都是散不去的香味。同别的花香相比，桂花要香就搅得周天香彻，绝不做遮遮掩掩，不屑于扭扭捏捏的小家子气和故作姿态的含蓄状，是花中的烈性子，迸发如潮，按捺不住，如烈酒。这一点，暗合了杨升庵的心性与品性。

我到过桂湖多次，见过桂湖这些密密麻麻的桂花树。可惜，从未见过这样的桂花盛景，闻到这样曾经浓烈的香气。

## 六

今年重阳节之夜，住在广东肇庆的鼎湖山庆云寺脚下。住房是座围合式的二层小楼，住在二楼，没上楼，就闻见了扑鼻的花香，不用问，只有桂花才会有这样醉人的香气。果然，住房的窗前，有一棵粗大的桂树，从一楼冲天直长到二楼的天井，看样子，是有百年树龄的老树。是一棵金桂，金色的花朵缀满枝叶间，很是醒目。密集的金桂花散发出的香气，可以用得上郁达夫的形容词了，才真正称得上是浓艳。

夜间下起大雨，噼噼啪啪的雨点，敲打着房顶和玻璃窗，像擂打着小鼓，惊醒了睡梦中的我，心里暗想，这样大的雨，窗前的金桂，花落知多少，该是一地零落。

早晨起来，推门一看，金桂花果然落了一地。但是，香气居然依旧扑鼻。抬头看看树上，一夜大雨，那样多的落花，枝叶间还有那么多的桂花，金灿灿的，沾着晶莹的雨珠，和地上的落花相互呼应着，一起散发着一股股的香气。那香气，配得上郁达夫说的"浓艳"二字。

想起放翁的一句诗：名花零落雨中看。鼎湖山这棵金桂老树的落花，也是名花，是我见过的香气最浓艳的名花。

RIMING 2022. 5. 10 Beijing

# 灰莉花

二十三年后，第二次来到惠州。为的还是看苏东坡和王朝云。

王朝云是东坡的爱妾，更是东坡的知己。做爱妾容易，做知己难。前者，只要有媚人之态，云雨之欢，即可；后者，则需要款曲互通，心心相印。说白了，前者靠肉体，后者靠精神。作为封建社会的一个弱女子，王朝云是一个稀少的异类。

东坡为官，一路被贬，苏王二人于杭州相识，被贬途中，一妻七妾都相继离东坡而去，唯独王朝云一路跟随，南下惠州。那时候的惠州，漫说无法与天堂杭州相比，简直就是蛮荒之地。世态炎凉，人生况味，不在花开时而是在花落时体现。

杭州有西湖和苏堤，惠州也有西湖和苏堤。西湖和苏堤几乎成为了东坡的名片。不过，惠州的西湖和苏堤，别有王朝云的印迹。惠州有民间传说，说王朝云死后，东坡梦见了她渡湖回来给嗷嗷待哺的孩子喂奶，湿透衣服，为她不再涉水，东坡修了这道苏堤。惠州的西湖和苏堤，属于东坡，也属于王朝云；属于梦，属于传说，也属于诗。

王朝云的墓，就在西湖的孤山小岛上。几代岁月沧桑，风云跌宕，将近千年时光过去，当年的墓还在，已属奇迹。这便是世道人心的力量。晚唐诗有句曾云："石麟埋没藏春草，铜雀荒凉对暮云。"岁月无情，多少名人高官的墓都已经荒芜，弱小的一介侍妾王朝云，对抗得了漫长岁月的流逝，经得起风霜雨雪的磨砺，并不是什么人都可以做到的。

墓前一侧，立有一尊王朝云的坐姿的石像，肯定都是这些年新做的了。石像中的王朝云，雕刻得过于现代，尤其是双乳圆润突兀，显得有些轻佻，不像我想象中的朝云。记得二十三年前，通往孤山的道上，曾有一片相思树，细叶纤纤，一片绿意蒙蒙，这一次，我没有找到，见到的是东坡和惠州人的铜像群雕，也是新建不久的。还是相思树好，人们对王朝云和东坡的相思之情，驮载着漫长的岁月，随枝叶拂风而动。

弥补我遗憾的是，将要离开王朝云墓地的时候，忽然看到墓地旁边立有一株树，我不认识是什么树，不粗，却修长，亭亭玉立。树身上有一块木牌，上前一看，写着树的名字，叫灰莉。还写着几个字："4—8月开白花，花大芳香。"

这株灰莉树，大概也是新种的。依偎在朝云墓前，最合适不过。4月最初开花的时候，正是清明前后，一树白花。可惜，我来得不是时候，未能见到这种花大芳香的灰莉花。

# 杜鹃花

我国杜鹃花的品种极多，有两处的杜鹃，非常值得一看。

一处是湖南九嶷山的杜鹃花。《史记》中记载："舜南巡狩，崩于苍梧之野，葬于江南九嶷。"据说舜帝未死之前，九嶷山漫山遍野开的都是红杜鹃，在舜倒地那一瞬间，满山的红杜鹃，都齐刷刷地变成了白杜鹃，为舜帝致哀。

因为舜帝教当地人制茶、办学堂，最后为百姓伏蟒受毒致死，而深得百姓的爱戴和怀念，才有了这样神话般的感应，让一山的杜鹃在顷刻之间有了灵性，变了颜色，花随风摇，该是多么壮丽的场面，真的是杜鹃之交响。

另一处是云南碧塔海的杜鹃花。碧塔海藏在香格里拉深处，一围群山，四处草甸，碧塔海周围遍布杜鹃花林，似乎因为离着太阳近，把灿烂的阳光都吸收进花蕊里面，每一朵都红得像是要破裂一样流淌下红色的汁液来。

高原风吹来，成片的杜鹃花约好了似的，飞流直下三千尺的瀑布一样飘落进碧塔海中，一天霞光云锦般漂浮在水面上。这时，会有成群的鱼闻香扑面游来，争先恐后，那一份浪漫的豪情，一泻千里，无遮无拦。高原的鱼和花真是一样的秉性，也是豪放得很，喝喝着小嘴，贪婪地吞吃杜鹃花瓣，如同高原贪杯的汉子，不喝得一醉方休不会放下酒杯。吞吃杜鹃花瓣的鱼，便成群成片地醉倒，漂浮在碧塔海之上，成为高原最美丽的一景。当地人称之为"杜鹃醉鱼"。那种粗犷之中蕴含的平原湖泊中难得的浪漫，首先得益于红杜鹃托风传媒，慷慨地举身赴清池的浪漫，方才与鱼相得益彰，如此风情万种，将碧塔海变成红塔海。

如果九嶷山的杜鹃是壮丽的杜鹃，碧塔海的杜鹃是浪漫的杜鹃。

如果九嶷山的杜鹃属于神话，碧塔海的杜鹃属于童话。

# 木笔花

我至今没见过木笔花。

我是在清末蔡省吾写的《燕城花木志》一书中，才知道这种木笔花的。

蔡省吾这个人很有意思。他是清世族，八国联军入侵北京城的时候，逃城未果，不忍屈辱，曾经奋不顾身而拔剑自刎，表现了强烈的民族气节。他后被救活，自此越发偏于爱好花木，寄情于此，痴迷不已。

《燕城花木志》中有这样一段文字："予先茔在东郊孙河花梨坎地，名马家村。蔡家坟马氏皆坟丁也。旧产一种异草，名草木笔，叶似牡丹。花艳绝似辛夷，大至二寸许，蕊中俨然如笔。坟外他处绝无。移之数次不活。庚戌春，命侄友梅傍坡处并方圆尺余连根移寘盆内携归，连岁皆开，但不敢分根另置耳。又为之草辛夷。"

他说的辛夷，又叫木笔花，即楚辞里说的"朝饮木兰之坠露兮"的木兰，属于古老的名花。所以，他说那花的花蕊俨然如笔。所谓草辛夷也好，草木笔也好，是他自己的命名。想一百多年前，为了一朵野花，奔波到孙河那么老远的野外坟地，连挖几次回家养不活，又命自己的侄子去连根带土挖出一大片，直接装入盆中带回家，那盆得有多大，方才可以将花装下呀！不是骨灰级的爱花之人，谁可以做到如此这般？

如今，孙河这个地方还在，早已经不是一片坟地，成为了高楼林立的高档社区。社区内外，花木繁盛，却没有木笔花。

五色泉纳林静镇  Tuxing          2022. 6. 26.

# 绣球花和太阳菊

那年去美国，朋友新买了一套单体别墅，靠近普林斯顿老镇，临达拉维尔河。这一对夫妇，来美国打拼多年，才买到房子，二手房，小巧玲珑，花园四周一圈柏树，中间几株雪松，靠餐厅落地窗，有一株五叶枫，树下铺满书带草和玉簪，很是漂亮。

原房主是一对退休的白人老夫妇，准备搬进老年公寓，拿到卖掉房子的这笔钱，舒舒服服，手头宽裕地安度晚年了。

拿到钥匙的那一天，朋友约我和其他几位朋友一起看房子。他们对我说，这对老夫妇真不错，搬走之前，把这里收拾得干干净净。走进客厅，我一眼看见吧台上摆着一个瓷花瓶，花瓶里插着几枝天蓝色的绣球花和几枝金黄色的太阳菊。他们告诉我，这花瓶和鲜花，都是主人留下的。

那一瓶绣球花和太阳菊，在空荡荡的客厅里显得格外醒目，漂亮鲜艳得如同雷诺阿笔下的鲜花。

花瓶旁边，立着一张精美的对折贺卡。我拿起来一看，上面密密麻麻写满了钢笔字，也是主人留下来的。他们大声冲我说：念一念，上面都写着什么？我说：是在考我吗？我英语拙劣，但贺卡上的这些字大致还认得，大意是"房间的新主人：今天你们就搬进了这个新家，希望你们能够喜欢它。也希望你们在这里度过你们一生中美好的时光，让这里伴随你们一直到老，到生命的尽头"。

读完之后，心头一热，为这对老夫妇感动。因为我实在不知道，在我们这里买二手房的时候，会有多少人能够如这对老夫妇一样，搬走之前，不仅为你整理好花园、打扫干净房间，还为你留下一瓶鲜花，和这样一帧写满感人肺腑词语的贺卡？我们疯狂的二手房交易，房子的老主人和新主人，已经完全成为赤裸裸的金钱关系，而房间便只剩下了居住面积和建筑面积以及疯涨的价格和锱铢必较或讨价还价的心理斗法。

几年过后，又去新泽西。这一对夫妇离婚了，这座漂亮的小楼再次易主。不知道他们分道扬镳离开这座小楼的时候，是否也给新主人留下一瓶绣球花和太阳菊，或一枝别的什么鲜花？

# 仙客来

　　那年住新泽西，每天在社区散步，路过湖边一家房前，总能看到阳台上，一左一右摆着两盆仙客来，都是紫色的，开得浓艳欲滴。这是仙客来中少见的品种，一般的仙客来都是海棠红的花朵。在北京，我从来没有见过这样颜色的仙客来。每天路过这里的时候，都会忍不住看几眼。

　　听说是住着一对白人老夫妇，但我只是偶尔看见过老头儿出门，穿着臃肿的睡衣，闭着眼睛，坐在阳台上的摇椅晒太阳，或者抱着一罐啤酒独饮，从来没有见过老太太，也从来没有见过他们的孩子。

　　有一天，看见一辆小汽车停靠在他家的院子里，从车上跳下一个年轻的小伙子，以为是他们的孩子，走近一看，车子打开的后备厢里，放满修理管子的各种工具，原来是来修理他们家的水管的工人。

　　还有一天的黄昏，看见阳台上，老头儿和一个年轻的女人面对面相坐，远看是一幅温馨的父女图。走近看，年轻的女人手里拿着笔和本，面无表情，在向老头儿询问着什么，并机械地在本上记录着什么。显然，也不像是老头儿的孩子。

引起我最大兴趣的，还是他们家门前的那两盆仙客来，它们居然一年四季开着花。即使冬天，大雪纷飞，紫色的花朵照样迎着寒风摇曳，跃动着一簇簇紫色的火焰。而且，不管下多大的雪，他们从来不把花搬进屋里，就这样摆在门前，好像故意要让大雪映衬得格外明亮照眼。这让我非常奇怪，我从来没有看见过一年四季都花开不败的仙客来。莫非这是只有美国的什么神奇品种？

又一年春天，我再次来到新泽西，每天散步路过这家门前的时候，又看到了这两盆仙客来，依然怒放着鲜艳欲滴的紫花。

我真的非常好奇，好几次冲动想走过去，穿过小院的草坪，走到门前，仔细看看这两盆仙客来，到底有什么样的神功，居然可以这样长久。

夏天到来了，蒲公英漫天飞舞，天气渐渐热了起来。那天早晨，天下着淅淅沥沥的小雨，沾衣欲湿，我照样出去散步。路过这家，老远就看见门前晃动着老太太的身影。这真是难得的事情，前后两次来这里住了这么久，我还从来没有见过老太太一面呢，不又是我，我问过别人，也都从来没有见过老太太。神秘的老太太，和神奇的仙客来有一拼呢。我不由得加紧了脚步。

走近看见老太太站在一盆仙客来前，手里提着一个硕大的喷水壶，在给仙客来浇水。真是一个怪老太太，正下着雨，虽然不大，但已经下了好久，只要把花盆搬到院子里，慢慢地也能把花浇好了呀。干吗放着河水不洗船，非要多此一举呢？

待我走得更近时再一看，忽然惊了一下，怎么想我都没有想到，老太太把那一朵朵仙客来拔了下来，然后又插进花盆里，如此机械地重复着这样的动作，让我不得不相信，原来仙客来是假花。

我确实有些惊呆，就在我愣神的工夫，老太太转身向另一盆仙客来走过去。我发现，老太太有些半身不遂，似乎也有些老年性痴呆，蹒跚的步子，挪动得非常吃力，不过几步的路，腿像灌了铅一样，头也如拨浪鼓在不住地摇晃着。她穿着一件月白色的亚麻长袍，长袍宽松，随着身子晃动着，像个慢动作的幽灵，让人心忍不住和那长袍一起隐隐抽动。她手扶着门框，走了好长的时间，去给另一盆仙客来浇水。然后，机械地重复着刚才的动作，把一朵朵的仙客来拔下来，再一朵朵地插进花盆里。喷壶里的水珠如注，从花朵上滴落下来，溢出了花盆，打湿了她的亚麻长袍，一直湿到了脚上。

阿里亲纳之夏　　Fuxing 2022.6.25.

# 沙漠之花

棕榈泉是一座在沙漠上凭空建造的小城。城边有一个沙漠动物园，也是凭空而造的。说是动物园，包括植物，都是从世界几大沙漠中请来的客人，移花接木，将大自然变成了人为的公园。

在美国加州之南，这片本来荒凉的沙漠，因有了它们而有了旺盛的人气。在如此毒辣阳光的照射下，居然盛开那么多的花朵。当然，沙漠里，有顽强的花朵开放，并不新奇。但是，有那么多品种不同、颜色不同、花形不同的沙漠之花盛开，真的令人惊艳。

仙人掌，在这里开着红色黄色和白色的花，也曾经在别处见过，但那种叫作铅笔仙人掌的细长的茎上开放着橙红色的花，我没有见过。花很大，和细细的茎呈不对称的对比，有点儿像跳大头娃娃舞。

淡紫色的马兰花，不是曾经在田野里见过的那种马兰花，而是比它们还要娇小，细碎的花瓣，像打碎了一地的碎星星。

沙丘草和沙马鞭草，从来没见过。花朵都是粉红色，沙丘草的颜色要淡，花朵要大许多。沙马鞭草的花，五角星一样呈五瓣形状，边长一样，规规矩矩，和城市里小学生一样娇小玲珑却笔管条直地开放。

我第一次见到茛苕。在书中，不止一次见过，最为古典名贵。经典的例子，这种花叶是用于欧洲建筑中最常见的科林斯柱头的雕刻花纹里，其对称古典之美，早在古罗马时代就已经流行，至今在那些仿古的西式建筑甚至家具中，经常可以见到。我是对照着沙漠动物园的说明书，才意外发现相见恨晚的茛苕。它锯齿形的叶子，在风中摇摆，像跳着细碎的小步舞曲的精灵。它金红色细长的小花，随叶子一起摇头晃脑，像抱着古老乐器为舞者伴奏而自我陶醉的乐队。

在这里所见到的花，大多是草本，也有灌木，最多的是墨西哥刺木，它的花朵都是顶在刺木的顶端上，像是丹顶鹤头上的那一点红。只是，那一点红花，是茸毛毛的，弯弯的带一点点的尖，如果再大一些，更像圣诞老人头顶上的那顶红帽子。

树大开花的，在这里，我只见到了两种。一种叫作烟树，不是我们唐诗里说的"鸟过烟树宿，萤傍水轩飞"的烟树，那是我们诗意中带有家炊烟味道的树。这里的烟树，也是野生的，家被放逐在外，远远看，真的像是一片蒙蒙的烟雾。

帕洛弗迪——只是音译，我不知道准确的翻译，应该叫什么名字。它的花开在树顶端，一片灰黄色，并不鲜艳，但面积很大，铺展展一片。由于枝干比烟树要高，一片低矮的花丛中，它的花鹤立鸡群一般醒目，一览众山小般迎风摇曳，像是挥舞着几乎透明的旗子，和浑黄的浩瀚沙漠做着力不从心却并不甘心的对比和对话。

还有好多我不知道名字的沙漠之花，我真想一一查出它们的名字，描绘出它们的样子。它们有的开着细小球状的花，有的开着细长穗状的花，有的开着扁扁耳朵样的花，有的开着软软长须样的花，有的开着雪绒花一样茸茸的花，有的开着合欢花一样梦境里的花……我从来没有见过这样多，这样小，又这样神奇的沙漠之花。面对它们的色彩纷呈和变幻无穷，竟然一时理屈词穷一般，找不出更合适的语言形容这些花。忽然想起以前读过作家李娟写过的话，借用过来，这些花的形状和纹案，应该是"只有小孩子们的心里才能想象得出来，只有他们的小手才画得出"。这些花开成的样子，应该"一定有着它自己长时间的，并且经历相当曲折的美好想法吧"！

# 花之语

　　艺术家，从来分幸运和不幸两类。一般而言，过于幸运，对于艺术家会是腐蚀剂；艰难困苦，玉汝于成，从另一方面则会让艺术家因磨难而将艺术之路走得更远些。

　　庞薰琹先生属于这样一类的艺术家。

　　庞薰琹先生是我国老一辈的油画家，年轻时和徐悲鸿、常玉等人同时期到法国巴黎留学，学习油画，并与他们齐名。他可谓学贯中西，有着西画和国画的双重实践，是对于服饰装潢有着独到造诣的艺术家和工艺美术教育家，新中国成立后，曾首任中央工艺美院副院长。不过，庞先生命运赶不上徐悲鸿，1957年被打成"右派"，撤销了他的中央工艺美院副院长的职务，降两级的处分，在清华大学万人和工艺美院千人批判大会之后不久，他的妻子（也是我国老一辈油画家丘堤）去世。从此，沦落为打扫厕所的清洁工，开始了他孤独的人生，度过他人生最艰难痛苦的时期。

　　晚年的庞薰琹先生写过一本自传，其中有这样两行字："1964年。画油画：《紫色野花》。花是从花店地下捡回几枝被弃的烂的花，取其意进行创作的。"

面对这两行字，我读过好多遍，每读一次，心里都发酸。"地下""被弃""烂花"，这样三个紧连在一起的词语，呈递进关系，犹如电影里一个由远推近的特写镜头，让我看到这样几枝委顿的残花败叶，一点点地彰显在眼前而分外醒目。这样在花店不值一文钱的花，这样在一般人眼里不屑一顾甚至会不经意踩上一脚的花，对于失去了创作机会却渴望绘画的敏感的画家，却是如获至宝。他以自己的创作，赋予了这样路边拾来的花以新的生命。

一个著名的画家，又重回年轻窘迫的巴黎留学时光，没有钱，更没有机会，可以让他面对鲜花写生创作，而只能从花店地下捡几枝被弃的烂花回家，悄悄地写生创作。很长一段时间，我的脑子里都浮现这个画面，总忍不住想象那一天庞先生从花店门口经过，偶然看见了店门口这几枝零落的残花。不知道，那一天是黄昏还是清晨；不知道，庞先生看见了花之后，想上前去捡时是有些羞怯，还是没有丝毫的犹豫。我想，如果是我，首先，会敏感注意到地上有花落着吗？即使是凋败却依然美丽的残花吗？其次，我会有勇气不怕别人的冷眼甚至呵斥，上前弯腰拾起花来吗？

也许，这正是庞先生区别于我们的地方。他以一名画家对美的敏感，对艺术的渴求，对哪怕是艰辛生活也存在于心的希望，才会看到我们司空见惯中被零落被遗弃甚至被我们亲手打落下美好的东西。他才能和这地上的残花有了这样意外的邂逅。

　　同时，他毕竟会画画，什么时候，任何人，都无法剥夺他手中的画笔，他可以用他特有的方式，让活下去有了勇气和信心，让绘画不仅仅属于展览会或画廊乃至画框，而属于生命。因此，这样的邂逅，便不只是同病相怜，而是一见倾心，是彼此的镜像。他才赋予那地上的败花以紫色这样高贵的色彩。

　　晚年的庞先生画了大量的花卉，《鸡冠花》《美人蕉》《窗前的白菊花》《瓶花》都被中国美术馆收藏，六十七岁生日之作《瓶花》还曾经参加巴黎美展。这和他前期巴黎时重视人物与景物的现代派风格浓郁的画作大不相同。不知道别人会如何解释这一现象，我以为这和 1964 年他在花店的地下捡回几枝被弃的烂的花，有着密切的关系。从那以后，他似乎心更加柔软缠绵，甚至他路过崇文门花店，看见地下的几朵无人问津的草花，也花了几角钱买回来，放大作画。在经历了颠沛的人生与沧桑的命运折磨作弄之后，他反越发孩子一般，对于比他更弱小而可怜的草花的关切，这除了他本身的艺术气质之外，就是他不易操守，不改初衷，依然保持着年轻时对于生活的真诚和对美的向往，以及不被磨折泯灭的信心。

　　每当我想起庞先生的这幅画，总忍不住想起法国作曲家拉威尔曾经作过的一支叫作《花之语》的乐曲，曾经是芭蕾舞曲，又曾经被改编为管弦乐曲。如果花真的能够说话，我相信，这幅《紫色野花》便是庞先生最好的心曲。拉威尔将这支

《花之语》又取名《高贵而动情的圆舞曲》，我想这名字和庞先生正相吻合。庞先生把那野花画成了紫色这样高贵的色彩。拉威尔的这支曲子，是这幅画最好的背景音乐。

卷三：  水果之什

这么多年过去了，男的一直坚持给女的削苹果，

削下的苹果皮还是完完全全地连在一起，

一圈圈地垂落下来，像飘曳着一条长长的红丝带。

水果摊 Fuxing 2023.4.21.

# 荔　枝

　　第一次吃荔枝，是二十八岁的时候。那时，我刚从北大荒回到北京，家中只有孤零零的老母。站在荔枝摊前，脚挪不动步。那时，北京很少见到这种南国水果，时令一过，不消几日，再想买就买不到了。想想活到二十八岁，居然没有尝过荔枝的滋味，再想想母亲快七十岁的人了，也从来没有吃过荔枝呢！虽然一斤要好几元，挺贵的，咬咬牙，还是掏出钱买上一斤。那时，我刚在郊区谋上中学老师的职，衣袋里正有当月四十二元半的工资，硬邦邦的，鼓起几分胆气。我想让母亲尝尝鲜，她一定会高兴的。

　　回到家，还没容我从书包里掏出荔枝，母亲先端出一盘沙果。这是一种比海棠大不了多少的小果子，居然每个都长着疤，有的还烂了皮，只是让母亲一一剜去了疤，洗得干干净净。每个沙果都显得晶光透亮，沾着晶莹的水珠，果皮上红的纹络显得格外清晰。不知老人家洗了几遍才洗成这般模样。我知道这一定是母亲买的处理水果，每斤顶多五分或者一角。居家过日子，老人就这样一辈子过来了。不知怎么搞的，我一时竟不敢掏出荔枝，生怕母亲骂我大手大脚，毕竟这是那一年里我买的最昂贵的东西了。

我拿了一个沙果塞进嘴里，连声说真好吃，又明知故问多少钱一斤，然后不住口说真便宜——其实，母亲知道那是我在安慰她而已，但这样的把戏每次依然让她高兴。趁着她高兴的劲儿，我掏出荔枝："妈！今儿我给您也买了好东西。"母亲一见荔枝，脸立刻沉了下来："你财主了怎么着？这么贵的东西，你……"我打断母亲的话："这么贵的东西，不兴咱们尝尝鲜！"

母亲扑哧一声笑了，筋脉突兀的手不停地抚摸着荔枝，然后用小拇指甲盖划破荔枝皮，小心翼翼地剥开皮又不让皮掉下，手心托着荔枝，像是托着一只刚刚啄破蛋壳的小鸡，那样爱怜地望着舍不得吞下，嘴里不住地对我说："你说它是怎么长的？怎么红皮里就长着这么白的肉？"毕竟是第一次吃，毕竟是好吃！母亲竟像孩子一样高兴。

那一晚，正巧有位老师带着几个学生突然到我家做客，望着桌上这两盘水果有些奇怪。也是，一盘沙果伤痕累累，一盘荔枝玲珑剔透，对比过于鲜明。说实话，自尊心与虚荣心齐头并进，我觉得自己仿佛是那盘丑小鸭般的沙果，真恨不得变戏法一样把它一下子变走。母亲端上茶来，笑吟吟顺手把沙果端走，那般不经意，然后回过头对客人说："快尝尝荔枝吧！"说得那般自然、妥帖。

母亲很喜欢吃荔枝，但是她舍不得吃，每次都把大个的荔枝给我吃。以后每年的夏天，不管荔枝多贵，我总要买上一两斤，让母亲尝尝鲜。荔枝成了我家一年一度的保留节目，一直延续到三年前母亲去世。

母亲去世前是夏天，正赶上荔枝刚上市。我买了好多新鲜的荔枝，皮薄核小，鲜红的皮一剥掉，白中泛青的肉蒙着一层细细的水珠，仿佛跑了多远的路，累得张着一张张汗津津的小脸。是啊，它们整整跑了一年的长路，才又和我们阔别重逢。我感到慰藉的是，母亲临终前一天还吃到了水灵灵的荔枝，我一直认为是天命，是母亲善良忠厚一生的报偿。如果荔枝晚几天上市，我迟几天才买，那该是何等的遗憾，会让我产生多少无法弥补的痛楚。

其实，我错了。自从家里添了小孙子，母亲便把原来给儿子的爱分给孙子一部分。我忽略了身旁小馋猫的存在，他再不用熬到二十八岁才能尝到荔枝，他还不懂得什么叫珍贵，什么叫舍不得，只知道想吃便张开嘴巴。母亲去世很久，我才知道母亲临终前一直舍不得吃一颗荔枝，都给了她心爱的太馋嘴的小孙子吃了。

而今，荔枝依旧年年红。

加乞微信 FuXinG 2022.12.15.

# 佛 手

　　第一次买佛手，起码五十多年前了。那时，父母都还健在，把它放在柜子上，像供奉小小的一尊佛，满屋飘香。

　　我不知道佛手能不能称为水果？它可以吃，记得那时我偷偷掐下它的一小角，皮的味道像橘子皮，肉没有橘子好吃，发酸发苦，很涩。我查过词典，说它是枸橼的变种，初夏时开上白下紫两种颜色的小花，冬天结果，但果实变形，像是过于饱满炸开了，裂成如今这般模样。它的用途很多，可以入药，可以泡酒，也可以做成蜜饯。那时我买的那个佛手没有摆到过年，就被父亲泡酒了，母亲一再埋怨父亲，说是摆到过年，多喜兴呀。

　　之后，我在唐花坞和植物园里看到过佛手，但都是盆栽的，很袖珍，只是看花一样赏景的。插队北大荒时，每次回北京探亲结束都要去六必居买咸菜带走，好度过北大荒没有青菜的漫长冬春两季。在六必居我见过腌制的佛手，不过，已经切成片，变成了酱黄色，看不出一点儿佛指如仙的样子了。

　　我们中国人很会给水果起名字，我以为起得最好的便是佛手了，它不仅最象形，而且最具有超尘拔俗的境界。它伸出的权权，确实像佛手，只有佛的手指才会这样如兰花瓣宛转修长，曲折中有这样的韵致。这与在敦煌壁画中看那些端坐于莲花座上和飞天于彩云间的各式佛的手指，确实有几分相似。前不久看到了残疾人艺术团表演的千手观音，那伸展自如风姿绰约的金色手指，确实能够让人把它们和佛手联系一起。

前些天，我买的一个佛手，把它放在卧室里，没有想到它会如此地香。特别是它身上的绿色完全变黄的时候，香味扑满了整个卧室，甚至长上了翅膀似的，飞出我的卧室，每当我从外面回来，刚刚打开房间的门，香味就像家里有条宠物狗一样扑了过来，毛茸茸的感觉，萦绕在身旁。我相信世界上所有的水果都没有它这种独特的香味，称它佛手，确为得天独厚，别无二致，只有天国境界，才会有如梵乐清音一般的香味。《金刚经》里所说的处处花香散处的香味，大概也就是这样的吧？

它的香味那样持久，也是我始料未及。一个多月过去了，房间里还是香飘不断，可以说没有一朵花的香味，能够存留得如此长久。越是花香浓郁的花，凋零得越快，香味便也随之玉殒色残了。它却还像当初一样，依旧香如故。但看看它的皮，已经从青绿到鹅黄到柠檬黄到芥末黄到土黄，到如今黄中带黑的斑斑点点了。而且，皮已经发干发皱，萎缩了，瘦筋筋的，只剩下了皮包骨。想想刚买回时那丰满妖娆的样子，让我感到的却不是美人迟暮的感觉，而是和日子一起变老的沧桑。

它已经老了，却还是把香味散发给我，虽然没有最初那样浓郁了，但依然那样清新沁人。那一刻，我忽然觉得它老得像母亲。是的，我想起了母亲，五十多年前，我第一次见到佛手的时候，母亲还不老。

## 金妈妈杏

很多年以前，到兰州，赶上杏熟时节，满街好多卖杏的，有一处在纸牌子上写着"金妈妈杏"。我见少识短，第一次见到这个名字，杏还有这样人情味浓的品种，不觉好奇，便买了他家的杏。卖主儿一边给我称杏，一边说：算是你有眼光，这是我们甘肃的名产，敢说是全中国最好吃的杏！不信你就尝尝吧！

我问他为什么叫金妈妈杏，他答不上来，说：反正我们这里都这么叫！妈妈呗，还有比妈妈更亲更好的吗？

我自幼喜欢吃杏，每年杏上市短短的几天，都不会放过它。那时候，杏很便宜，几分钱就能买一斤。比起枇杷荔枝这样富贵的水果，杏属于贫民的水果，连带着童年的记忆。

到北大荒插队，两年多之后，才第一次回北京探亲，是夏末的时候。回到家，寒暄后，吃过饭，我爸我妈从床铺底下掏出一个纸箱，不知道箱里藏着什么宝贝，打开箱子一看，是花生瓜子。那个年月，只有过春节时，才有花生瓜子供应，每户半斤花生半斤瓜子。我知道，这是父母那时候买的，没舍得吃，一直留到现在，等着我回来。

我妈蹲下身子，伸出手，扒拉开花生瓜子，我看见了，埋在下面的是杏干，已经完全没有了杏的金黄色，变成土褐色，萎缩着，蜷曲着，像雾霭中弯弯的月牙。她手捧着一把杏干让我吃。我妈知道我从小爱吃杏，吃不到树熟的鲜杏，她便晾了这么多的杏干。

　　我吃了花生瓜子和杏干。放的时间有半年，花生和瓜子都有了哈喇味。但是，杏干没有放坏，酸甜酸甜的，很好吃。

　　她问我：怎么样？我连连点头，说好吃！

　　可以说，尽管到北大荒那六年，我几乎没有和杏失约，即使吃不到树熟的鲜杏，毕竟还有我妈晾晒给我留下的杏干。

　　只是最近几年到美国看望孩子，时间都安排在春天和夏天，没能吃得上杏。美国没有什么杏树，超市里很少见到杏，即便有，也卖得很贵，而且味道远不如北京的香白杏大黄杏，更赶不上金妈妈杏。那几年，每每到杏黄麦熟时节，我都非常想念北京的香白杏和大黄杏。当然，还有金妈妈杏。

　　三年多前，杏黄麦熟时节，孩子从美国回北京，没有错过吃杏。由于我喜欢吃，连带着孩子也跟着吃，连连说好吃，比美国的杏好吃！

　　陪孩子一起到密云的黑龙潭玩，在售票处的门外，遇到一位卖杏的老大娘，蹬着一辆三轮车，车上的两个大柳条筐里，装满着都是杏，那杏个头儿不大，黄澄澄的，在午后热辣辣的阳光下格外明亮，特别是和她那一头白发对比过于醒目。

我对于杏没有免疫力，忍不住走了过去。老大娘笑吟吟冲我说：都是刚从树上打下来的，甜着呢！青的也甜着呢！你尝一个！说着，她掰开一个青杏递在我的手里。

我吃了这个青杏，真的很甜。便和她聊起天来，知道自打杏熟之后，她天天骑着三轮车到这里来卖。我问她家种多少棵杏树，她说：那我可没数过，每年这个季节，能打几千斤吧！我说：这么多杏，怎么不让你家老头儿来卖？她一摆手，说：我家老头儿一直在外面打工，哪儿顾得过来。我说，让你孩子来卖呀！她又说：眼睛都指望不上，还指望眼眉毛？孩子考上了大学，结了婚住在城里，现在正忙活他们自己的孩子呢！

每年这几千斤杏，都是您自己一个人蹬着车跑这里卖的？都能卖得出去吗？我非常吃惊问她。

她有些欣慰地告诉我：还真的差不多都卖出去了，借着黑龙潭这块地方，来的游人多。我卖得便宜，挣点儿是点儿，给儿子养孩子添点儿力呗！他也不容易！说着，她拿起一个黄杏让我尝：不买也没事，都是自家的玩意儿！

我尝了，要说甜和香，比不上金妈妈杏，但说味道，比金妈妈杏更让我难忘。那一刻，我想起了金妈妈杏。

然后，她像忽然想起来，又对我说：实在卖不出的，我就晾成杏干，到时候也能卖出点儿钱。

她说到了杏干，让我立刻想起了我妈为我晾的杏干。

妈妈，已经走了三十四年。

桂莊東门

Guxing 2023. 4. 22.

# 独草莓

　　在呼和浩特，姐姐住一楼，房前有块空地，退休之后，姐姐把这块空地开辟成了菜园。翻土，播种，浇水，施肥……每天乐此不疲。姐姐一辈子在铁路局工作，年年的劳动模范，局里新盖了高层楼，分她新房，面积多出三十多平方米。她不去，舍不得她的这片菜园。孩子们都说她，如今，一平方米房子值多少钱？你那破菜园能值几个钱？却谁也拗不过她，只好随了她。

　　我已经好多年没有见到姐姐了。今年，是姐姐的八十大寿，说什么也要来看看姐姐。想想六十三年前，姐姐十七岁，只身一人来到内蒙古，修新建的京包线铁路。那时候，我才五岁，弟弟两岁，母亲突然逝去，姐姐是为了帮助父亲扛起家庭生活的担子，才选择来到塞外。姐姐每月往家里寄三十元钱，一直寄到我到北大荒插队。那时候，姐姐每月的工资才有几十元钱呀。姐姐说起当年她要来内蒙古前离开家时，我和弟弟舍不得她走，抱着她的大腿哭的情景，仿佛岁月没有流逝，一切恍若目前。

　　来到姐姐家，先看姐姐的菜园。菜园不大，却是她的天堂，那里种着她的宝贝。特别是姐夫前几年病逝之后，那里更是她打发时光消除寂寞的好场所。菜园被姐姐收拾得井井有条。丝瓜扁豆满架，倭瓜满地爬，小葱棵棵似剑，韭菜根根如阵、西红柿、黄瓜和青椒，在架子上红的红，青的青，弯的弯，尖的尖……忍不住想起中学里学过吴伯箫的课文《菜园小记》里说的，真的是姹紫嫣红。这么多的菜，吃不完，送给邻居，成了姐姐最开心的事情。

菜园旁，立着一个大水缸，每天洗米洗菜的水，姐姐从厨房里一桶一桶拎出来，穿过客厅和阳台，走进菜园，把水倒进水缸，备用浇菜。节省一辈子的姐姐，常被孩子们嘲笑，而且，劝她说现在菜好买，什么菜都有，就别整天忙乎这个了，好好养老不好吗？姐姐会说，劳动一辈子了，不干点儿活儿难受。想想，在风沙弥漫的京包铁路线上餐风饮露，这是她念了一辈子的经文，笃信难舍。再想想，人老了，怕闲着，能有点儿事干，这事干着又是快乐的，便是养老的最好境界。姐姐种的那些菜，更有她自己的心情浸透，有她往事的回忆，是孩子都上班上学之后孤独时的伙伴，她可以一边侍弄着它们，一边和它们说说话。

夸她的菜园，就像夸她的孩子一样地高兴。我对她的菜园赞不绝口。姐姐指着菜园前面绿葱葱的植物，我没认出是什么。她对我说，这里原来种的是生菜和小水萝卜，今年闹虫子，我把它们都给拔了，改种了草莓。也可能是我不会种这玩意儿，你看，一春天都过去了，只结了一个草莓。

我跟着她走过去，伏下身子仔细看，才看见偌大的草莓丛中，果然只有一颗草莓，个头儿不大，颜色却很红，红宝石一样，孤独地藏在叶子下面，好像害羞似的怕人看见。

孩子们看着它好玩，都想摘了吃，我没让摘。姐姐说。我问她，干吗不摘，时间久，回头再烂了，多可惜。姐姐笑着说，我心里盼望着有这么一个伴儿在这儿等着，兴许还能再结几个草莓！

相见时难别亦难，和姐姐分手的日子到了，离开呼和浩特回北京的前一天晚上，姐姐蒸的米饭，我炒的香椿鸡蛋，做的西红柿汤，菜都来自姐姐的菜园。晚饭后，姐姐出屋去了一趟菜园，然后又去了一趟厨房，背着手，笑眯眯地走到我的面前，像变戏法一样，还没等我猜，就伸出手张开来让我看，原来是那颗草莓。你尝尝，看味儿怎么样？姐姐对我说。

我接过草莓，小小的，鲜红鲜红的，还沾着刚刚冲洗过的水珠儿，真不忍心下嘴吃。姐姐催促着，快尝尝！我尝了一口，真甜，更难得的是，有一股在市场买的和采摘园里摘的少有的草莓味儿。这是一种久违的味儿。

# 荸 荠

在老北京，除夕的黄昏时分，街上最清静。店铺早打烊关门，胡同里几乎见不到人影，除了寒风刮得电线杆上的电线和树上的枯树枝子呼呼地响，听不到什么喧哗。只有走进大小四合院或大杂院里，才能够听到乒乒乓乓在案板上剁饺子馅的声音，从各家里传出来，你应我和似的，嘈嘈切切错杂弹，像是过年的序曲，是待会儿除夕夜轰鸣炸响的鞭炮声的前奏。

就在这时候，胡同里会传来一声声"买荸荠喽！买荸荠喽"的叫喊。由于四周清静，这声响显得格外清亮，在风中荡漾着悠扬的回声，各家都能够听得见。如果除夕算作奏响辞旧迎新的一支曲子的话，前奏是剁饺子馅欢快的声响，高潮是放鞭炮，那么，这寒风中传来的一声声"买荸荠喽！买荸荠喽"的叫喊，则像是中间插进来的一段变奏，或者像是在一片剁饺子馅的敲打乐中，突然升起的一支长笛的悠扬回荡。

这时候，各家的大人一般都会自己走出家门，来到胡同里，招呼卖荸荠的："买点儿荸荠！"卖荸荠的会问："买荸荠哟？"大人们会答："对，荸荠！"卖荸荠的再问："年货都备齐了？"大人们会答："备齐啦！备齐啦！"然后彼此笑笑，点头称喏，算是提前拜了年。

荸荠，就是取这个"备齐"之意。那时候，卖荸荠的，就是专门来赚这份钱的。买荸荠的，就是图这个荸荠的谐音，图这个吉利的。

那时候，卖荸荠的，一般分生荸荠和熟荸荠两种，都很便宜。也有大人手里忙着有活儿，出不来，让孩子跑出来买，总之，各家是一定要几个荸荠的。对于小孩子，不懂得什么荸荠就是"备齐"的意思，只知道吃，那年月，冬天没有什么水果，就把荸荠当成了水果，特别是生荸荠，脆生生，水灵灵，有点儿滋味呢。

记忆中，我小时候，除夕的黄昏，已经很少听到胡同里有叫卖荸荠的了。但是，这一天，或者这一天之前，父亲总是会买一些荸荠回家，他恪守着老北京这一份传统，总觉得是有个吉利的讲究。一般，父亲会把荸荠用水煮熟，再放上一点白糖，让我和弟弟连荸荠带水一起喝，说是为了去火。这已经是除夕之夜荸荠的另一种功能，属于实用，而非民俗，就像把供果拿下来吃掉了一样。我们的民俗，一般都是和吃有关的，所以尤其受小孩子的欢迎。

如今，这样的民俗传统，早就失传了。人们再也听不到除夕黄昏那一声声"买荸荠喽！买荸荠喽"的叫喊了，也听不到大人们像小孩子一样正儿八经的"备齐啦，备齐啦！"的回答了。我现在想，大人们之所以在那一刻返老还童似的应答，是因为那时候的人们对于年，还真的存在一种敬畏，或者说，年真的能够给人们带来乐趣和欢喜。现在，即使还能够听到这样的叫卖荸荠的声响，还有几个大人相信并且煞有介事出门，买几粒荸荠然后答道"备齐啦，备齐啦"呢？更何况，如今人们大多住进了高楼，封闭的围墙、厚厚的防盗门和带双层隔音的玻璃窗，哪里又能够听得到这遥远的呼喊声呢？

癸卯之春　FUXING 2023.2.5 元宵节

# 山里红

山里红，就是红果，又叫山楂。不过，北京人认为，山楂比红果个头儿小，也比红果酸。在北京，很少有人叫红果，觉得只有天津人才管它叫红果。北京人说山里红的"里"，一般叫成"拉"，轻声，一带而过。有点儿韵律，自带着对山里红的宠爱。

对北京人，山里红不像别的水果，洗洗，直接进嘴就吃。更喜欢做成糖葫芦吃。糖葫芦因为有冰糖加持，自然酸甜交织，好吃很多，更是长长一串，红红火火，多么打眼。

糖葫芦，是过年的标配。不是平常日子里走街串巷小贩插在草垛子卖的糖葫芦，得是那种长长一串得有四五尺长的大串糖葫芦。这种糖葫芦，因其长，一串又叫一"挂"。以前，民间流传竹枝词说："正月元旦逛厂甸，红男绿女挤一块。山楂穿在树条上，丈八葫芦买一串。"又说："嚼来酸味喜儿童，果实点点一贯中。不论个儿偏论挂，卖时大挂喊山红。"春节期间逛庙会，孩子都要买一挂，顶端插一面彩色的小旗，迎风招展，扛在肩头，长得比自己的身子都高出一截，永远是老北京过年壮观的风景。如果赶上过年下雪，糖葫芦和雪红白相衬，让过年多了一种鲜艳的色彩。

金糕是糖葫芦的一次华丽转身。老北京过年，各家餐桌上是离不了金糕的，很多是拌凉菜时用来作为一种点缀，比如凉拌菜心，它被切成细长条，撒在白菜心上，红白相间，格外明艳。如果再加上点儿黄瓜丝，就是一道有名的凉菜"赛香瓜"。

这东西以前叫作山楂糕，后来慈禧太后好这一口，赐名为金糕，意思是金贵，不可多得。因是贡品而摇身一变，成为了老北京人过年送礼匣子里的一项内容。清时很是走俏，曾专有竹枝词咏叹："南楂不与北楂同，妙制金糕属汇丰。色比胭脂甜如蜜，鲜醒消食有兼功。"

这里说的汇丰，指的是当时有名的汇丰斋，我小时候已经没有了，但离我家很近的鲜鱼口，另一家专卖金糕的老店泰兴号还在。就是泰兴号当年给慈禧太后进贡的山楂糕，慈禧太后为它命名金糕，还送了一块"泰兴号金糕张"的匾（泰兴号的老板姓张）。泰兴号在鲜鱼口一直挺立到二十世纪五十年代末，到我上中学的时候止。我要吃的得是那里卖的金糕。金糕一整块放在玻璃柜里，用一把细长的刀子切，上秤称好，再用一层薄薄的江米纸包好。江米纸半透明，里面的胭脂色的山楂糕朦朦胧胧，如同半隐半现的睡美人，甭说吃，光看着就好看！

前几年，鲜鱼口整修后，泰兴号重张旧帜，算是续上了前代的香火。

# 马牙枣

我们大院，以前有三棵老枣树，据说是前清时候留下来的。每年秋天，结出的马牙枣，又脆又甜。大院里老人说，以前枣还要甜呢。以前怎么个甜法，我不知道，只知道现在就足够甜的了。

每年秋天打枣，上树使劲儿地摇晃着树枝，或挥舞竹竿打得枣纷纷如红雨落下，是我们孩子最盼望最跃跃欲试的事情。打下来的枣，堆在树下，人们路过，可以尝几个，但谁也不会把枣揣兜里拿回家。我们一帮孩子会把堆成小山一样的枣，用洗脸盆装满一盆盆，给各家送去。每家都会分得这样一盆马牙枣，作为中秋节桌上的一道水果点缀。

这样平均分配的规矩，不知道是从什么时候立下的，我们端着洗脸盆给各家送枣，好像怀里抱着什么战利品似的，特别快活，非常有成就感。如果说盼望枣红、打枣、分枣，是三部曲，那么，端着洗脸盆给各家送枣，就成为了每年秋天这个保留节目中嘹亮而悦耳的尾声。

记忆中最后一次打枣，是 1967 年的秋天。那之后，我和院子里差不多大的孩子，都去各地上山下乡而风流云散。比我们再小的一批孩子，再也没有了如我们打枣一般的乐趣。再后来，大院里新的一茬孩子长大了，娶妻生子，房子不够住，纷纷在自家门前盖起了小房，原来宽敞的院落变得越来越拥挤，打枣的乐趣，远远赶不上生存的苦恼和困惑。这三棵老枣树，不知在什么时候，已经被无情地砍掉了。

1967 年的秋天，算是我和这三棵老枣树最后的告别。

那一年的秋天，大家打枣，已经没有以前那么热衷了。树上的枣还没有完全打光，我们就草草收兵了。但是，给各家分枣的老规矩，不能变。只是，这枣该怎么分？大家互相望着，心里都犯了难。

原因是眼前硝烟未散的"文化大革命"。老枣树还是以前的老枣树，我们大院却不是以前的大院了，被掘地三尺一般，一下子钻出了那样多的牛鬼蛇神。这些人家的枣，还能送去吗？

最后，一个大哥哥说，被揪斗出来的人家，就别送枣了。其他人家，咱们还是一律按老规矩送枣。然后，他又说了句：咱们晚上送吧！我明白，是怕看见我们端着洗脸盆走马灯似的在大院里走，那些不送的人家会尴尬。其实，晚上，我们端着洗脸盆往各家送枣的时候，那些人家早都自惭形秽地关紧大门、拉严窗帘，根本不做这非分之想。我路过这几家的门前和窗前的时候，心里有一种说不出的滋味。

那一年的马牙枣，吃得真不是滋味。

# 桑葚

我们大院后院的夹道，有两棵桑葚树，一棵结白桑葚，一棵结紫桑葚。

有这样宽敞夹道的四合院，在老北京，都是讲究的，为的是遮挡北京冬天寒冷的北风。在夹道里，种了这两棵桑葚树，为的是主人家能够从后窗看风景。夹道拐角处，盖了一间小房。那间小房没有窗户，最初只是主人存放杂物的仓房，也是进入夹道的门房。

我读小学四年级那年，新搬进来一户史姓人家，那时大院已经没有房子可租，便在这间小仓房前后各开了一扇窗，让史家住了进来。

史家的男人是个工人，女人没有工作，日子过得紧巴。史家最惹人注目的，是他们的女儿小猫，人长得漂亮，小巧玲珑，当时正在幼儿师范学校上二年级。我们大院的房东老两口，没有孩子，心眼儿不错，就是看见小猫长得楚楚可怜的样子，动了恻隐之心。第二年，小猫从幼儿师范毕业，分配到区幼儿园当老师，史家的日子才好过了一些。

那一年桑葚熟了的时候，我们一帮孩子嘴馋，到后院摘桑葚吃，从房顶跳到夹道里，脚刚落地，听见史家后窗传来说话声，除了小猫，还有一个陌生男人的声音。那时候，大院好多人家的窗户是纸窗，我们用手指蘸蘸唾沫就洇湿了窗户纸，轻而易举捅出一个小窟窿。往里面望去，看到小猫和一个男的正搂抱在一起，那男的双手抱着小猫的脸，像啃猪蹄子似的不住地往脸上啃。男女这样亲热的情景，以往只是在电影里见过，真人真景的，第一次见到，看得我有些不知所措。有的孩子更是兴奋，脚下乱蹦，踢翻了花盆，惊动了他们。我们赶紧爬上房逃跑，桑葚也没有吃成。

第二年，小猫就和那男的结了婚。那男的在区政府工作。尽管史家两口子都不乐意，小猫还是义无反顾地跟了那男的。小猫目的很明确，结婚之后，就可以搬到小洪家住，再不用和她的父母在一张床上睡了。史家老两口不乐意的理由很充分，男方是个离婚的，还带着一个三岁多的孩子。他就是每天到幼儿园接送孩子时认识了漂亮的小猫。

一晃，将近七十年过去了，我再没有见过小猫。谁想到，十多年前，为写《蓝调城南》一书，我像个胡同串子一样，常常游走在城南那一片熟悉的老胡同里。那个细雪飘飞的冬天，我在南芦草园，正向一位老街坊请教这条老胡同的历史，一个穿着驼色呢大衣的女人站在我的身后，一直就那么站着，我以为她也在注意倾听老街坊的讲述。等老街坊讲述完毕，她依然站在那里没有走，我望了望她，发现她也望着我，我觉得有些奇怪。她笑着问我：还认识我吗？我抱歉地摇摇头。她依然笑着对我说：我可认识你！

不能怪我认不出她来了。原来那么年轻漂亮的小猫，哪里去了呢？怎么一下子就变成了一个白发斑斑的小老太太了呢？

她高兴地对我说：这些天在报纸上总看你写城南老胡同的文章，知道你总在这些胡同里转悠，我还想呢，没准儿哪天在胡同里能碰上你。真巧，今天就碰上你了。

我们俩聊了起来，她笑着说：小时候，你可没少从我家房顶跳进夹道，偷摘桑葚吃，也没少扒我家的后窗户！这话说得我脸红。说完后，她呵呵笑起来，声音挺大，惊动了旁边的行人，不住地瞅我们俩。

玉兰花开时　　　　FuXing 2023. 4.

# 无花果

在我们大院里，景家爱侍弄一些花花草草。有一年春天，景家的孩子送来一盆植物，我不认识是什么，只见花盆挺大的，那植物长有半人多高，铺铺展展的大叶子，挺招人的。

景家屋前有一道宽敞的廊檐，他们家的花花草草、大盆小盆，都摆在廊檐下面，一年四季，除了冬天，花开花落不间断，唯独这盆植物不开花。我想，可能不像是桃花在春天开花。可是，都快过了夏天，它还是不开花，就像一个人咬紧嘴唇就是不说话一样。我想，它可能像菊花一样，得到秋天才开花吧？这个想法，遭到我们大院九子的嘲笑。九子比我大一岁半，高一个年级，那时候，暑假过后，他就要读四年级了，自认为比我懂得多，远远地指着景家这盆植物，对我说：知道吗？这叫无花果！不开花，只结果！

无花果，听说过，却是第一次见到。果然，暑假过后，景家的这盆无花果，在叶子间像藏着好多小精灵一样，开始结出小小的圆嘟嘟的青果子，一颗颗地蹦了出来。

景家无花果的果子越长越大，颜色由青变得有些发紫的时候，九子找到我，远远地指着景家廊檐下的无花果，问我：

你吃过无花果吗？我摇摇头，然后问他：你吃过吗？他也摇摇头。那时候，住在我们大院里，大多都是穷孩子，像我，以前见都没见过，无花果是稀罕物，谁能有福气吃过呢？

你敢不敢，跟着我一起去景家摘几个无花果吃？九子这样问我，看我睁大了眼睛，刚说：这不成偷了吗？我妈该……就立刻打断我的话：就知道你不敢！胆子小得像耗子！转身就跑走了。

第二天，在大院门口，我见到九子，他很得意地对我说：可好吃了！可惜，你没有尝到，那味道，怎么说呢？特甜，还特别软，里面还有籽儿，特别有嚼劲儿，有股说不出的香味！说心里话，说得我的心里怪痒痒的，禁不住蠢蠢欲动，馋虫一下子被逗了出来。

真的吃到无花果，是四十多年以后，在新疆库车的集市上，看到卖无花果的，那无花果又大又甜，禁不住诱惑，吃了两个，夜里就开始上吐下泻，而且发起烧来。

后来，读美国植物学家迈克尔·波伦所著的《植物的欲望》一书。我惊讶地看到他说，植物与我们人类有一种亲密互惠关系，我们人自己也是植物物种的设计和欲望的对应物。这实在是大自然的神奇，也是命运对于人类惩戒的象征。

从此以后，我再也不敢吃无花果。

# 苹果三章

一

我们大院里，曾经有一对夫妇，男的是一位工程师，女的是一位中学老师。他们刚刚搬进大院来的时候，也就三十来岁，我还没有上小学，虽然懵懵懂懂不大懂事，但从全院街坊齐刷刷惊艳的眼神中，看得出来女教师非常漂亮，男工程师英俊潇洒，属于那种天设一对地造一双的绝配，每天蝶双飞一样出入我们的大院，成为全院家长教育自己子女选择对象的课本。

那时候，最让全院街坊们羡慕而且叹为观止的是，女教师非常爱吃苹果。爱吃苹果并不是什么新奇的事，苹果谁不爱吃呀？关键是每次女的吃苹果的时候，男工程师都要坐在她的旁边亲自为她削苹果皮。削苹果皮，也不是什么新鲜的事，关键是每次削下的苹果皮，都是完完全全地连在一起，弯弯曲曲地从苹果上一圈圈地垂落下来，像是飘曳着一条长长的红丝带。

这确实让街坊们惊讶。不仅惊讶男工程师削苹果皮的水平，也惊讶他有这样恒久的坚持，只要是削苹果，一定会出现这样苹果皮长长不断的奇迹。每一次，街坊们从宽敞明亮的玻璃窗前看到这温馨的一幕时，总能够看到女的眼睛不是望着苹果，而是望着丈夫，静静地等待着，仿佛那是一场精彩的演出，最好总不落幕才好。

我中学毕业的时候，这一对夫妇五十多岁了。那一年开春的时候，倒春寒，突然下了一场雪，雪后的街道上结了冰，女教师骑车到学校上课，躲一辆公共汽车，摔倒在冰面上，左腿摔断了骨头。一个来月以后，从医院里出来，腿上还打着石膏。是男工程师抱着她走进我们的大院，我们的大院很深，一路上，他们的身上便落有一院人的目光，和男工程师脸上淌满的汗珠一起闪闪发光。

他们夫妇有两个孩子，都和我一样前后脚到农村插队，等他们和我一样从农村插队回到北京的时候，他们夫妇已经是快七十的人了。那时，她已经患上了肝癌，她和她的那两个孩子都还不知道，知道的只有她的丈夫。她瘦削得有些脱形，还是如以前那样静静地坐在旁边，望着自己的丈夫。只有这一幕重复的场景，丈夫为她削苹果，只是手有些颤抖。毕竟人老了。让人们奇怪的是，这么多年过去了，男的一直坚持给女的削苹果，更让人们奇怪的是，削下的苹果皮居然还是完完全全地连在一起，弯弯曲曲地从苹果上一圈圈地垂落下来，像是飘曳着一条长长的红丝带。

女教师走得很安详，按照我国传统讲究的五福，即寿、富、康、德和善终，她的一生虽然算不上富贵、健康，也说不上长寿，却是占了德和善终两样，应该算是福气之人。送葬的那天，她以前在中学里曾经教过的很多学生来到她家里，向她的遗照鞠躬致哀，有的学生甚至掉了眼泪。那天，我也去了她家，看见她的遗照前摆着两盘苹果，每盘四个，每个都削了皮，那皮都还是完完全全地连在一起，摆放在苹果的旁边，垂落下来，像是飘曳着一道道挽联。

二

五十四年前，我在北大荒过第一个春节。

全部知青拥挤在知青食堂里。队里杀了一口猪，炖了一锅杀猪菜，为大家打牙祭。队上小卖部的酒，不管是白酒还是果酒，早被大家买光。

这顿年饭，热热闹闹，从中午一直吃到了黄昏。都是第一次离开家，心中想家的思念，便暂时被胃中的美味替代。有人喝高了，有人喝醉了，有人开始唱歌，有人开始唱戏，有人开始掉眼泪……拥挤的食堂里，声浪震天，盖过了门外的风雪呼啸。

就在这时候，菜园里的老李头儿扛着半拉麻袋，一身雪花地推门进了食堂。老李头儿五十多岁，大半辈子侍弄菜地，我们队上的菜园，让他一个人侍弄得姹紫嫣红，供我们全队人吃菜。不知道他的麻袋里装的什么东西，只看老李头儿把麻袋一倒，满地滚的是卷心菜。望着老李头儿，大家面面相觑，有些莫名其妙。几个喝醉酒的知青冲老李头儿叫道：这时候，你弄点子洋白菜干什么用呀？倒是再拿点儿酒来呀！

老李头儿没有理他们的叫喊，对身边的一位知青说，你去食堂里面拿把菜刀来。要菜刀干吗呢？大家更奇怪了。菜刀拿来了，递在老李头儿手里，只见他刀起刀落，卷心菜被拦腰切成两半，从菜心里露出来一个苹果。简直就像变魔术一样，这让大家惊叫起来。不一会儿的工夫，半麻袋的卷心菜里的苹果都金蝉脱壳一般滚落出来，每桌上起码有一两个苹果可吃了。那苹果的颜色并不很红，但那一刻在大家的眼睛里分外鲜红透亮。

可以说，这是这顿年饭最别致的一道菜。这是老李头儿的绝活儿。伏苹果挂果的季节，正是卷心菜长叶的时候。老李头儿把苹果放进刚刚卷心的菜心里，外面的叶子一层层陆续包裹上苹果，便成为苹果在北大荒最好的储存方式。没有冰箱的年代里，老李头儿的土法子，也算是他的一种发明呢。

1978 年，恢复高考，我考中央戏剧学院，复试的写作，我写的题目是《卷心菜里的红苹果》。

# 三

从北大荒返城后，朋友到家里聚会，是我大显厨艺的机会。兜里兵力不足，不会到餐馆去，只能在家里乐和。艰苦的条件和环境，常能练就非凡的手艺。那时，在北京吃西餐，只有到动物园边上的莫斯科餐厅，谁有那么多钱去那里。我拿手做的西餐，便常被朋友们津津乐道。说来大言不惭，说是西餐，只会两样，一是沙拉，二是烤苹果。

烤苹果，我师出有门。在北大荒插队，回北京探亲，在哈尔滨转车，曾经慕名到中央大道的梅林西餐厅吃过一次西餐，最早这是家流亡到哈尔滨的老毛子开的西餐厅，烤苹果是地道的俄罗斯风味的西餐。要用国光苹果，因为果肉紧密而脆（用富士苹果则效果差，用红香蕉苹果就没法吃了，因为果肉太面，上火一烤就塌了下来），挖掉一些内心的果肉，浇上红葡萄酒和奶油或芝士，放进烤箱，直至烤熟。家里没有奶油和芝士，有葡萄酒就行，架在箅子上，在煤火炉上烤这道苹果（像老北京的炙子烤肉）。虽然做法简陋，照样芳香四溢。特别是在冬天吃，白雪红炉，热乎乎的，酒香果香交错，有一种说不出的味道和感觉。很多朋友是第一次吃，都觉得新鲜，叫好声迭起，让我特别有成就感，满足卑微的自尊心。

最难忘的一次聚会，是1982年夏天，我大学毕业，专程回北大荒一趟。因我是第一个返城后回北大荒的知青，队上的老乡非常热情，特地杀了一口猪，豪情款待。酒酣耳热之际，找来一个台式录音机，每一位老乡对着录音机说了几句话，让我带回北京给朋友们听。回到北京，请朋友来我家，还是在这个小屋，还是在这个小院，还是做了我拿手的这两道菜，就着从北大荒带回来的六十度的北大荒酒，听着从北大荒带回来的这盘磁带的录音，酒喝多，话说多，就是烤的苹果不够多，大家连说没吃够。

小满
住莘园
2023.6.

# 冻酸梨

北大荒讲究猫冬。过年的那几天休息，更是要猫冬了。任凭外面大雪纷飞，零下三四十度，屋里却是温暖如春。一铺火炕烧得烫屁股，一炉松木桦子燃起冲天的火苗，先要把过年的气氛点燃得火热。

当然，北大荒的大年夜里，饺子并不是绝对的主角，杀猪菜也不是，它们二位和酒联袂，才是过年亮相的刘关张。这时候的酒，必备两样，一是北大荒军川农场出的六十度烧酒，一是哈尔滨冰啤，一瓶瓶昂首挺立，各站一排，对峙着立在窗台上，在马灯下威风凛凛地闪着摇曳不定的幽光。那真算得上一半是火焰一半是海水，滚热的烧酒和透心凉的冰啤交叉作业，在肚子里左右开弓，翻江倒海，是以后日子里再没有过的经验。

痛饮之下，即使没有喝醉，嗓子眼儿也让酒烧得直冒火。这时候，解酒，或者解渴，以浇灭嗓子眼儿冒火的最好的东西，不是老醋，不是热茶，是冻酸梨。

这玩意儿，北大荒独有。以前，老北京也曾经一度有过冻酸梨卖，但不是一个品种，远不如北大荒的冻酸梨个头儿硕大，汁水饱满，更主要的是酸度十足，一口咬下去，在平常的日子里，会让你回味无穷，在大年夜这样的醉酒时刻，就更是一下子钻进胃里，然后一箭穿心，将酒击溃，让你即便不是瞬间酒醒，起码让你打一个激灵，清醒几分，嗓子眼儿冒出的火熄灭大半。

关键是这时候，得有冻酸梨呀！冻酸梨，成为此刻的救兵，众人的渴望，是比饺子、杀猪菜和酒，都要重要的主角了。

就在这时候，秋子从厨房里端出一大盆凉水中的冻酸梨。怎么就这么恰当其时呢？急急风的锣鼓点儿一响，主角就应声出场，赢来了一个挑帘好！

秋子是我们队二的司务长，他是北京知青，我中学的同学。不是他料事如神，是秃顶上的虱子明摆着，大年夜里，大伙的酒肯定得喝高了。年三十这天一清早，秋子便开着一辆铁牛到富锦县城，去为大家买冻酸梨，顺便为大家再采购点儿过年其他的吃食。富锦县城，离我们队一百来里地，铁牛是一辆轮式的三轮柴油车，突突突地冒烟，跑得不快，这一来一去，得跑上小一天。所以，秋子一大早就出发了，谁知道起个大早还是赶了个晚集，跑遍了富锦县城大小所有的商店，柜台上都是空空如也，什么吃的东西都没有了，连平常卖不出去的水果罐头都没有了。好不容易，秋子看见一家商店的角落里堆着半麻袋黑皱皱的家伙。就近一摸，是冻酸梨，尽管不少都冻烂了，是别人不买的剩货，秋子还是都包了圆儿，把这半麻袋冻酸梨都买了回来。一百来里地赶回我们二队，才解了大年夜大家的燃眉之急。

那种只有在北大荒才能见到的冻酸梨，硬邦邦，圆鼓鼓，黑乎乎的，说好听点儿，像手雷，像铅球；说难听点儿，跟煤块一样。放进凉水里拔出一身冰碴后，才能吃，吃得能酸倒牙根儿。但那玩意儿真的很解酒，和酒是冤家，是绝配。

冻酸梨吃得一个不剩，大家缓过了气，开始唱歌。开始，是一个人唱，接着是大家合唱，震天动地，回荡在大年夜的夜空中，一首接一首，全是老歌。唱到最后，有人哭了。谁都知道，都想家了。此刻，爸爸妈妈只能孤零零地在遥远的北京家里过年了。

队上，有狗的吠声，歌声惊动了它们。

# 西 瓜

从北大荒刚回北京，有好长一阵子，西瓜上市的时候，下班回家的路上，我总要停下自行车，走到路边的西瓜摊或西瓜车旁，帮助瓜贩或瓜农卖西瓜。好像那里有什么特殊的魔力在吸引着我，我就像一个棋迷，看见了棋盘，就忍不住向那里走了过去。

那时，广渠门内白桥那里，常停着一辆马车，车上装满西瓜，趁着下班人流密集，卖瓜的瓜农站在车上，吆喝着卖西瓜。我常常会帮他卖西瓜。他自然很高兴，来了个不要工钱的帮手，关键是我挑瓜的手艺不错，总能够从瓜蒂的青枯，瓜皮纹络的深浅，或者轻轻拍拍瓜，从瓜发出的声音，传递到手心的感觉，来断定瓜的好坏，瓜皮的薄厚，是沙瓤还是脆瓤，是刚摘的新瓜，还是前好几天摘的陈瓜。

被刀切开的一个个西瓜豁然露出那鲜红的瓜瓤，比什么都有说服力。好多买瓜的人也都认识了我，在白桥一带，我有了一点儿小名气。每天下班之后的黄昏时分，他们看见我在路边支上自行车，纷纷地招呼我：师傅，帮我挑个瓜！尤其是碰上个模样俊俏的小媳妇或时尚年轻的姑娘，绽开花一样的笑脸招呼我，心里还是挺受用的，挑起瓜来，格外来情绪，颇有些成就感。

我所有挑瓜的手艺，都是在北大荒学来的。那时候，我所在的大兴岛二队的最西边，专门开辟了一块荒地做瓜园。西瓜刚刚结果，在瓜园里就搭起一个窝棚，每天从白天到夜晚。都会派菜园的老李头儿看守，为了防备獾和狐狸夜里跑来糟蹋瓜园。老李头儿大概没有想到，夜袭瓜园的，不是獾和狐狸，而是知青。我们常常会趁风高夜黑时分溜进瓜地去偷西瓜。瓜园的田埂边，有一道不宽的水沟，西瓜要水，水沟是老李头儿挖的，为了瓜园浇水用。我们在瓜园里偷的瓜，就都放进水沟，瓜顺着流出瓜园，我们可以大摇大摆地拿到知青宿舍里尽情地吃。我们自以为老李头儿不知道，其实，他门儿清，只是不揭穿我们的小把戏罢了。事后好多年，我重返北大荒，见到老李头儿，提起旧事，老李头儿对我说：都是北京来的小孩子，一年难得有个瓜吃，就敞开了吃呗！

赶上老李头儿高兴，他会教我们挑瓜。不过，那时候，我们不怎么听信他的。我们信奉实践出真知，那时候流行语，叫作要知道梨子的滋味就要亲口尝一尝，吃得多了，见得多了，瓜的好赖，自然就分得清了。西瓜成熟的季节，知青按照班组派人去瓜地，挑出一麻袋西瓜，扛回来大家吃。这是个美差，因为可以先自己美美地吃得肚子滚圆。有一次，我和一个同学去瓜地挑瓜，先韩信点兵一般从瓜园里摘下半麻袋瓜，然后，一屁股坐在地头吃瓜，用拳头砸开瓜，吃一口不好，扔掉，吃一半扔一半，直到吃得水饱，吃不下去为止。老李头儿看见我们扔了一地的西瓜，气得冲我们喊：有你们这么糟蹋瓜的吗？那瓜长了一春一夏，容易吗？吓得我们扛着麻袋一溜烟跑走。

我的挑瓜手艺，就是这样练出来的。

如今，马车早已经不允许进城，白桥那一带因拆迁变得面目皆非。世事沧桑中，我也廉颇老矣，偶尔在瓜摊前自以为是地挑个瓜，也不灵光，手艺潮了。挑瓜和唱戏一样，也得曲不离口，拳不离手，多年不练，武功尽废。

偶尔，也会想起老李头儿。只是，前好几年，他已经去世了。

华兹华丝故居

辛卯六月 潘奋记

WORdSWORTH Grasmere

# 青木瓜

　　有一年初春的一个星期天下午，我去邮局发信。邮局离我家不远，过了马路，走两三分钟就到。快到邮局的路上，一个年轻的女子和我擦肩而过。忽然，她停住脚步，回头看了我一眼。那一眼的眼神很亲切，也有些意外的惊奇，仿佛认出了一个熟人而与之邂逅相逢，闹得我以为真的碰见了什么认识的人，便也禁不住停住脚步，看了她一眼：年龄不大，也就二十出头，模样清爽，中等身材，瘦削削的。看她的装扮，初春时节还穿着一件臃肿的棉衣，就猜得出是一个外地人，大概是打工妹。我仔细地想了想，从来没有见过这么个人，她肯定是认错了人。于是，我笑笑自己的自作多情，向邮局走去。

　　走了没几步，她从后面跑了过来，跑到我的面前，用南方那种绵软的声音仔细而小心翼翼地问我："您是不是肖复兴老师？"我越发地惊讶，她居然叫出了我的名字，木讷在那里，近乎机械地点了点头。

　　她一下子显得很兴奋，接着说："刚才您迎面向我走来，我看着就像。我读中学的时候就看过您写的书，您和书上的照片很像。真没有想到这么巧，今天在这里遇见了您！"

原来是一位读者，大概她这番热情的话，很能够满足我的虚荣心。从她那话语中，我听明白了，从小在南方农村长大，中学毕业，她没有考上大学，家里生活困难，就跟着乡亲来到了北京打工，住的地方离我家不算太远，今天星期天休息，她是刚刚到邮局给家里寄钱，并发了一封平安信。虽是萍水相逢，只是些家常话，却让我感到她像是在掏心窝子，一下子竟有些感动，不知对她的热情如何回报，便指着马路对面我家住的楼对她说："我家就住在那里，你有空，欢迎你到我家做客。"说着把地址写给了她。她高兴地说："太好了，我一定去！"

回到家后，我就把这件意外相逢的事情当作喜帖子，向家里的人讲了，不想立刻遭到全家一盆冷水浇头，纷纷说我："别是个骗子吧？""可不是，现在骗子可多着呢，你可别忘了狐狸说几句赞扬的话，是为了骗乌鸦嘴里的肉。""什么？你还把咱家的地址告诉了人家？你傻不傻呀？你就等着人家上门找到你头上来骗你吧！"……

一下子，说得我发蒙，不禁有些发虚，嘲笑自己禁不住两碗迷魂汤一灌，就如此轻信上当。

时间一长，这件事情渐渐淡忘了。偶尔提起，被家人当作笑话嘲笑我一番。

将近一年过去了，春节过后，我们全家从天津孩子的姥姥家过完年回家，刚上电梯，开电梯的老太太对我说："你先等我一会儿，前两天有人来找你，你没在家，把带来的东西放在我这里了。"

不一会儿，她拿来用废报纸包着的一包东西。回家打开一看，是两个青青的木瓜。木瓜的旁边有一张小纸条，上面写着两行小字，大概意思是您还记得吗，我就是那天在邮局前和您相遇的人，我一直想来看您，工作太忙了，一直没有时间。我过年回家带给您两个木瓜，是我家自己种的，只是一点心意。祝您写出更多更好的作品！下面没有写下她的名字，只是写着：一个您的读者。

全家都愣在那里，谁都说不出一句话来。

总记得切开木瓜的样子，别看皮那样青，里面却是红红的。

# 香 蕉

有的事，有的人，怎么也忘不了。1984 年初夏，我到江苏遂宁一个叫王后村的民办小学，见到丁玉兰老师。说是学校，就是三间新建不久的砖木房，窗玻璃还没有安上，钉着塑料布，呼扇呼扇的，阳光下闪着光，有些刺眼。

她是这所小学唯一的老师，也是这所小学的第一位老师。1965 年春天，她开始在这里当老师。那时所谓的学校，只是生产队破旧发霉的仓库。每月工资五元，要交出其中的三元给队上记工分。

仓库实在太破了，两年后，她拆掉家里的两间小房，盖起两间泥草房，作为新教室。十六年后，1983 年，她拿出家里积攒的一千五百元，又借了六百元，把这两间泥草房拆了，盖起了我眼前这三大间红砖房。这是她一直的心愿，她对我说，教室总该有明亮的窗子才是。

这时候的她，已经是四个孩子的母亲，也是一位教了两百多名毕业生的老师。

听了她的故事，非常感动。不仅我，很多人都非常感动，并不是所有的老师都能像她这样。

1984年春天，她被选为优秀教师，出席徐州市先进工作者代表大会。她从来没有出过这么远的门，最远只到过县城。出门前，丈夫给了她五十元，让她到徐州给孩子买点儿吃的，也给自己买件新衣服。第一次来到大城市，见到这么多的车、这么多的人，她挺害怕的，过十字路口，走斑马线时，她都要拽着别人的袖口。

会议结束的那天，她看见几个也是从农村来的老师买了香蕉，黄澄澄的香蕉，闪着光，晃在眼前，心里忽然想自己的学生从来都没有见过香蕉呢，便也去买了四斤，带回去让学生们尝尝。

她带回去了这四斤香蕉，却忘记了给自己的孩子给自己买一样东西。五十元，只花了几元钱，剩下的钱，硬邦邦的还在。丈夫问她你买的东西呢？她从书包里拿出来的，只有香蕉。

一晃，三十九年过去了。不知道丁玉兰老师还在不在，也不知道她和丈夫亲手盖起的那三间窗子朝着田野洞开的教室，还在不在。不知道为什么，想起丁玉兰老师，就想起那三间新教室，就想起她买的那四斤香蕉。

# 山 竹

　　山竹号称"水果皇后"。我和孩子都非常喜欢吃。它是热带水果，以前在北京很少见到。我不清楚它是从什么时候在北京好买了，反正，我小时候以至大学毕业之后，从来没有见过山竹。

　　我的孩子比我要幸运，他长大一些的时候，在北京，山竹已经比较容易买到了，只是价钱贵一些。尽管我们都爱吃，买的时候比较少。即便买回来，也不舍得撒开欢地吃。总是吃得不尽兴。

　　孩子刚考上大学那一年暑假，我们两人一起去了一趟昆明玩。在去大观楼的路上，见到一个挑担的小贩，在我们前面走，扁担颤颤悠悠，两个箩筐随之上下颠簸，波浪一样起伏。孩子一眼看见箩筐上面装的是山竹，冲我叫了一句：爸，看，山竹！我们紧走几步，追上小贩，叫住他，一问价钱，只要几块钱一斤，比北京便宜好多，一下子买了好多，装满了一塑料袋。

　　我们一边走，一边剥开山竹，不停地往嘴里塞，一边把山竹的外壳丢进放山竹的塑料袋里，然后，再扒拉开山竹外壳，找出山竹，接着吃。山竹和山竹外壳混在一起，外壳越来越多，山竹越来越少，直至吃光。大观楼走到了。

山竹的肉很白，是那种奶白，没见过其他水果肉有这样白的。肉绵软，汁水很多，甜中带一点酸，那种酸甜的调和味道，真是难以形容地和谐，没有一种水果能与之媲美。

山竹的肉，像蒜瓣紧紧地抱在一起，肉瓣有五个六个和七个之分，五瓣的居多，七个的很少。山竹外壳底部的果蒂，有梅花一样的几个小瓣，如果是五瓣六瓣里面的肉就会是五瓣六瓣；如果是七瓣，里面的肉就是七瓣。孩子吃到一个七瓣的，就会高兴地叫起来。仿佛得到六瓣丁香，就会得到好运一样。六瓣丁香，代表着年轻的爱情。

那一年夏天，昆明街头的山竹，让我和孩子吃美了。转眼二十五年过去，孩子长大了，我再也没有吃过那么多山竹的时候了。

夏天到了
卯五月 海 ⬚

# 桂味荔枝

荔枝的品种很多，北京卖得最多的是妃子笑。北京人也最认妃子笑。这都是苏轼的诗句"一骑红尘妃子笑，无人知是荔枝来"，过于深入人心。起码，在北京，妃子笑，几乎成了荔枝的代名词。荔枝上市的时候，满大街都是卖妃子笑的，荔枝丛中插的价格牌上写的，也都是醒目的"妃子笑"三个大字。

我也一样，见浅识短，这么多年，吃荔枝，只认妃子笑，也只吃过妃子笑。

那一年，荔枝上市的时候，娓娓从广州给我寄来满满一箱荔枝。这是她特意从增城荔枝林里直接摘下，用冰块保鲜，快件空运过来的。

她告诉我，这是桂味荔枝，本想在荔枝上市的时候，就给您寄的，可那时候早上市的荔枝是妃子笑。我最爱吃桂味荔枝，桂味荔枝比妃子笑好吃，想让您也尝尝。

我第一次吃到桂味荔枝。确实比妃子笑好吃。它的果肉更紧实，有嚼劲儿，味道也更甜而绵软，有一种淡淡的回甘，像思念，久久飘散不去。

她微信问我好吃吗，我告诉她真的很好吃。以前，增城，我也去过，可我从来不知道还有这样一种桂味荔枝。

　　从那年以后，这孩子，年年荔枝上市的时候，从增城的荔枝林里，给我寄来桂味荔枝。

# 火龙果

二十多年前的冬天，我和山东作家张炜在台湾，一起到花莲玩，晚上，花莲当地的朋友请我们两人到一家名曰"铭师傅"的饭店吃饭。"铭师傅"是花莲有名的饭店，来的多是回头客。那一天，上的菜果然名不虚传。其中一道热菜一半是切成的丁，雪白雪白的，一半是炸成的小圆球，金黄金黄的，一方一圆，一白一黄，素中有俏，分外养眼。

我吃出了小白丁是鱼肉，没吃出来那裹以面团炸成金黄色小圆球的里面是什么东西，但很好吃，起初我以为是用冬瓜削成的小圆球，再尝不是，没有冬瓜脆，比冬瓜多了一股特别的清香。朋友们也不知道是什么，便把老板请了过来，胖乎乎的老板也是厨师，店里主要的菜肴，都是他自己发明试验，然后亲自掌勺，菜里总有新鲜的花样。他跑过来得意地告诉我们："这是用火龙果做的。"

实在没有想到，火龙果居然还可以派上这样的用场？胖厨师像是猜出了我的疑惑似的，对我说："火龙果平常单吃，一般人吃不来，会觉得不大好吃，我这人爱琢磨，心想用它和鱼肉一起炒，它特殊的清香，既可以去鱼的腥味，又能够爽口，而且火龙果清火。你觉得味道怎么样？"

我连连称赞："真是不错，在北京没见过火龙果有这样吃法的。"

听了我的称赞，他来了情绪，说："我们花莲这里出产火龙果，我们这里的火龙果里面的肉分为红白两种……"

我打断他插嘴道："北京卖的火龙果，好像只有白肉的一种，我没见过红肉的。"

他立刻跑回厨房拿来一个切开的火龙果给我看，果然是红肉，很深的那种红，红得有些发紫。然后，他说："你们等一会儿，我给你们做一盘火龙果凉糕去。"

没过多大工夫，他端上来一大盘火龙果凉糕，切成一块一块的，棋子似的，码放得方方正正。那凉糕是粉色的，很透亮，很柔和，色彩鲜艳，又不太浓，恰到好处。不用说，他是把红白两种火龙果肉蒸熟，打成了泥重新搅拌成的，然后再兑入适当的佐料。真是一个聪明人，他把火龙果的潜质挖掘出来，重新组合，让它的味道焕然一新。

我问他怎么把这颜色中和得这样恰到好处的，他笑笑说："这得需要一定的比例。每次做的时候，白火龙果需要多少，红火龙果需要多少，分量是一点不能差的。"

我知道，他对我卖了个关子。

# 黄　桃

1981 年，我在口央戏剧学院读书，要进行毕业实习，当时院长是金山，开明，允许大家随便到哪儿实习都行，只要不出国。我选择到青海柴达木。那里寸草不生，放眼望去，除了高高的石油井架和磕头机（采油机），就是一片望不到边的浑黄的戈壁滩。沙漠绿洲敦煌，还有几百公里，要翻过一道当金山，才能到，所有吃的东西，都得从那里翻山越岭运过来、一年四季吃不到任何新鲜的蔬菜和水果，只能吃罐头。

在青海石油局，星期天休息，除了喝酒打牌，大家无事可干。我不喝酒，也不打牌，有一位工人和我约好，到俱乐部打乒乓球。那个工人，我忘记叫什么名字了，年龄不大，二十来岁，酒泉人，是个修井工，大概觉得自己球艺不错，跟我叫阵：咱们比赛吧！我说行啊，赢了，赢点儿什么呢？他说：罐头，怎么样？说着，他从乒乓球台下搬出整整一箱玻璃瓶罐头。敢情，他早已经准备好了。

他指着这一箱罐头，对我说：水蜜桃！好吃得很！

其实，是黄桃。一般做罐头，都用黄桃，用水蜜桃，很少，我是没见过，因为黄桃肉质坚实，便于保存。水蜜桃，一兜汁水，不好保存。

　　谁赢了一局，谁赢一瓶桃罐头。

　　我从小打乒乓球，虽说没有经过正规训练，但打得还可以，起码可以对付一阵。一连打了几局，居然都是我赢了球。围观的人不少，纷纷给我叫好，让我过了一把乒乓球瘾。

　　最后，这位工人抱着这一箱桃罐头，对我说：你赢了，都归你了！我帮你抱回招待所吧！

　　我说：这么多罐头，我一个人怎么吃得了啊！便使劲儿招呼四周的人过来一起吃。大家纷纷而上，他们起罐头的本事很灵光，这是多年在柴达木吃罐头积累的经验。

　　后来，我才知道，是这个工人故意让我赢的球。他觉得我在这里已经待了一个多月了，生活艰苦，一直也吃不到一点儿水果，特意买了这么多的黄桃罐头。

　　那黄桃非常好吃，比在北京吃的黄桃还要好吃。

# 冻柿子

到山西街看荀慧生故居。山西街仅剩下了西侧半扇，以低矮和单薄的身子，对峙着四周高楼。

上一次来这里的时候，胡同虽然破败不堪，整体的肌理还在，多少能够看出自明朝以来延续下来老胡同的样子。故居黑漆大门紧闭，院子里传出狗吠，胡同里有老街坊走过来，告诉我荀先生一直在这里住到过世，说荀先生人不错，见到街里街坊的，从来都会点头打招呼。"文化大革命"中，荀先生落难，在这条胡同里打扫卫生，人们见到他，也会主动和他打招呼。老街坊摇摇头对我说：你说，一个唱戏的，招谁惹谁了？

这一次，没有看见老街坊，看到一位停车场看车的。故居的黑漆大门变成了红色。看我坐在故居大门前的高台上画画，他走过来看，和我聊了起来。是从河北定州来这里谋生的四十多岁的男人，每天在这里看车，对院子里的情况挺了解的。

我问他，知道故居要出售的事情吗？我在网上看到，出售价格在七千万元左右。他告诉我，听说了，也听说他们家的孩子意见不一致，有同意卖的，有不同意卖的。不过，昨天还有一家专门经营四合院生意的公司来这里看房子呢。他告诉我，现在，就是荀慧生的一个儿媳妇住，老太太都七八十岁了，她刚出去买菜，一会儿就该回来了。

这时候，一辆老年三轮代步车开了过来，停在故居门口。从车上跳下来两个人，打开红漆大门，径直走进院子。我问看车的汉子，他们是荀家人吗？他告诉我，不是，荀家出租了院子里的一间房子，是一家什么广告公司，他们是公司的。然后，他指指院墙最北边说：就是那间！

不能说面目皆非，却已经人景和以前俱不尽相同。

荀慧生故居院子西头有个花园，轩豁漂亮。荀慧生当年喜欢种果树，在花园里亲手种了苹果、柿子、枣树、海棠、红果多株。果子熟了的时候，会打下来，送给朋友和街坊们分享。

唯独那棵柿子树上的柿子熟透了不摘，一直到数九寒冬，来了客人，用竹梢头打下树枝头梆硬的柿子，请客人就着带冰碴儿的柿子吃下，老北京人管这叫作"喝了蜜"。

他要把树上的柿子一直留到春节，最后打下来，让家人给梅兰芳送去，拜个年，图个事事如意。

卷四：拾穗小札

这些点滴小事，琐碎而微不足道，

是最自然不过的流露，是人存在于心最本能的良善，

让我们相信艰辛乃至丑陋生活中存在温暖和希望最朴素的力量。

# 萍水相逢

1968 年的冬天，我到北大荒不久，第一次去富锦县城。那是离我们生产队最近的县城，大约有一百多里地。县城，不像我们生产队那样荒僻，也不像北京那样繁华，它很嘈杂，寒冬的风雪，并没有阻挡人来人往的脚步。中午时分，我走进一家小饭馆，准备吃点东西。我从来没有见过这样的饭馆，刚掀开棉门帘，一股热气扑面而来，浓雾一样包裹着我，眼前只是一片模糊的影子，人声鼎沸，热浪一样滚来，把我吞没。

点了碗面，坐在饭桌前等候，等了许久，面也未上来。我想喝点儿开水，暖和暖和，看见屋中央立着一个汽油桶改造的大火炉，炉里烧着松木桦子，炉上坐着一个"刺刺"冒着热气的水壶，便走到柜台前，向服务员讨要个碗好去倒水。服务员指指前面的水池，我走过去，看见水池里放着好多大白瓷碗，便顺手拿起一个，看见里面有水，把水倒净，转身刚要走，一个又穿着羊皮袄的壮汉走到我的身旁，厉声问我：你怎么把我的酒倒了？我有些莫名其妙，怎么会是酒？壮汉不容分说、毫不留情地非要我赔他的酒。我和他争辩起来，壮汉不依不饶，一时闹得声响很大，众人的目光落在我们的身上。

这时候，另一个壮汉走了过来，拉开了这个壮汉，说道：你没听这娃子说话，一口京片子，肯定是刚来的知青。生牤子，不懂行！说着，他从水池里拿起一个空碗，走到柜台前，买了一碗酒，送到那个壮汉的面前。然后，他走到我的身边，对我说：你刚来不懂咱们这疙瘩喝酒，都是泡在这水池里温酒，你摸摸，这水是热的。你肯定是把他碗里的酒当成水泼了！我谢了他，他摆摆手，转身回到座位，接着喝他的酒去了。

1992年的夏天，我在巴黎的戴高乐机场转机去巴塞罗那，采访那一届的奥运会。戴高乐机场非常大，转机的候机大厅很远，时间紧张，穿过拥挤的人群，我拼命地往前赶路，走出了一身汗。

忽然一眼看见坐在椅子上的一位中年女人手里拿着邮票，是一枚小连张，好多张邮票连在一起。那时候，我集邮，知道好多国家都在出这届奥运会的纪念邮票。尽管时间紧张，还是忍不住地停下来，用拙劣的英语问她：您这是奥运会的纪念邮票吗？她点点头。我又问她：在哪儿能买到这邮票？她向前指指，然后摇摇头，摆了摆手势，我猜大概意思是离这有些远，或者是这里地形复杂，你难找到。

一定看到了我脸上露出有些失望又有些渴望的表情，她微微一笑，从手里小连张撕下两张邮票，递给了我。我赶忙掏钱要给她，她连连摆手。我谢过她，她又冲我摆手，让我赶紧赶路。

去年秋天，我和老伴去潭柘寺，看那里的千年银杏古树。我们已经好多年没去那里了。银杏树一片金黄，每片叶子都被阳光镀上了一层碎金子似的，闪烁着耀眼的光芒，也闪动着千年沧桑岁月的回忆。两株银杏树周围都是人，都在兴致勃勃和银杏树合影留念。在北京，有银杏古树的地方很多，但这里大概奏响了北京秋天最盛大的华彩乐章。

我和老伴相互拍照。不知什么时候，一个陌生的年轻姑娘走到我的身边，微微笑着，对我说：我光看见您二老互相照了，我给您二位照张合影吧！

我望了望姑娘，个子高高的，面容清秀，忽然心里很有些感动。我和老伴外出游玩，相互照的都只是单人照片，从来没有一个陌生人走过来，好心地问我们要不要照一张合影。只有这位姑娘，第一次为我们照了张合影。我们身后的银杏树那样金黄，面前她的身影那样漂亮、那样亲切。

无论五十五年前替我赔了一碗酒的壮汉，还是三十一年前送我两枚奥运会纪念邮票的巴黎妇女，或是去年那么善解人意为我和老伴照相的年轻姑娘，其实，和我都只是萍水相逢。在现实生活中，我们接触更多的是亲人、熟人和有种种关系往来的人。萍水相逢的人，不过是擦肩而过，你甚至不知道他们的名字，以后也可能再也见不到他们。比起前者，萍水相逢，显得更细微，更琐碎，更微不足道，如同轻风吹过水面，只荡漾起一丝丝涟漪，然后消逝得无影无踪。但就是这样细微琐碎而微不足道的萍水相逢，让我久久难忘，感动的恰恰是这样细微琐碎和微不足道。他们让我感受到已经越发凉薄的人世间的良善和美好，还是那样顽固地蕴含在人心深处，常会在萍水相逢中不经意流淌，湿润我们业已干涸的心房。

青岛闻一多故居　Fu XiNG　2023. 2. 11.

# 素昧平生

读俄罗斯作家巴乌斯托夫斯基的自传《一生的故事》，其中叙述巴氏童年的一桩小事，讲他在基辅一座叫马里因的公园里，见到一位身材高大的海军士官候补生，在林荫道上，从他身边走过。因为他向往大海，却从来没有见过大海，便把对大海的全部想象，寄托在这个无檐帽下绣着金色船锚飘带的海军士官候补生的身上。他渴望也能当他一样的海军，或者海员，在大海上航行，到达他刚刚读过斯蒂文生写的《金银岛》上。他竟情不自禁地跟在这个候补生的后面，跟了很长的一段路。候补生早就发现，一直走出公园，走到大街上，候补生停下来，问他为什么总跟着他。当候补生明白了这个小孩子的心愿后，带着他来到街边的一家咖啡馆，为他买了一杯冰激凌，并从钱夹里拿出一张巡洋舰的照片送给了他，对他说：这是我的舰，送给你，留作纪念吧！

他们素昧平生，巴氏只是一个小孩子，候补生一个成人，能那样善待一个根本不认识的小孩子，那样理解一个小孩子天真幼稚充满想象的心，愿意停下脚步，感受、倾听并珍惜孩子这样一颗幼稚却美好的心，还为孩子买一杯冰激凌，送孩子一张巡洋舰的照片。不是所有的成人都能做到这样的。

我在想，我成年之后，是否在某个地方，在偶然之间，也曾经遇到过这样的一个孩子？没有，我没有遇到过。如果，我也遇到这样一个孩子，并且敏感地知道这个孩子的心思，我会像这位海军士官候补生一样对待这个孩子吗？真的，我不敢保证。

我仔细搜寻记忆，我的一生中，未曾做到如海军士官候补生一样，发现过一个孩子，帮助过一个孩子。那是否在小的时候也曾经遇到过海军士官候补生类似的人物，对我有过帮助呢？

我想到了。在我四岁左右的一个黄昏，家里来了客人，父亲陪客人喝酒，母亲忙于炒菜，姐姐照顾着一岁的弟弟，我偷偷一个人跑出家门，跑出大院，跑到大街上，像一头没有笼头罩着的小马驹，四处散逛，看什么都新鲜，看什么都好玩。不知不觉，越走越远，迷了路。黄昏落尽，黑夜降临，路灯闪烁中，我已经忘记了我当时哭还是没哭。记忆中，只留下我坐在一辆三轮车上，身边坐着的是一位警察叔叔。是他发现了街头失魂落魄的我，问清了我家住的地方，叫上了这辆三轮车。一路街灯和街景如流萤一般闪过，三轮车左拐右拐把我拉到大院门口的时候，我记得警察叔叔没有下车，只是叫我一个人下车，看着我跑进大院，才叫拉车的车夫拉着他走了。而我跑回家，爸爸还在和客人喝酒，妈妈和姐姐居然没有发现我已经在街头逛荡一圈了。

　　这个警察和我也是素昧平生，虽然，他没有请我吃冰激凌，也没有送我照片，但一样让我难忘。回忆起这件事，我完全记不起这个警察的面容，也记不起他对我说过什么话了，那一晚的情景，却印在我的脑海里，不止一次想他戴着警察大檐帽的样子，他弯腰和我说话时和蔼的样子。但是，这一切只是事过经年之后的想象而已。唯一的印象，就是在三轮车上他坐在我身边的模糊样子。说来也奇怪，那一晚之前的事，我什么也不记得了，我的记忆，就是从那一晚这个警察叔叔模糊的样子开始的。

　　有时，我会想，如果不是素昧平生，是自己的家人，或是熟悉的朋友，还会这样让我难忘并感念吗？我想，起码会打了折扣。正因为素昧平生，那位警察，才让我难忘并感念至今。正因为面对的是他们素昧平生的我，这些点滴小事，最可见是发自深心，是最自然不过的流露。这便是人存在于心最本能的良善，是让我们相信艰辛乃至丑陋的生活中却存在温暖和希望的最朴素的力量。

# 从未谋面

　　1974 年的春天，我从北大荒调回北京，当时，大学多年停办，没有新的毕业生补充，北京中学老师极度缺人，从北大荒抽调老三届中的高中生回北京当老师。我回北京，就是当老师的。

　　当时，我们农垦的高中生被分配到丰台区各中学当老师，要先到丰台教育局报到，等待具体分配。丰台教育局离我家很远，需要到永定门火车站坐一站火车，因为父亲去世，家里只剩老母亲一人，需要照顾，我请同学去教育局替我报到。同学去了，得知我被分配到长辛店中学，好家伙，比教育局还远，离家更远了。同学打电话告诉我，我请他找教育局的人陈情我家有老母需要照顾的具体情况，请能够考虑分配离家近一点儿的中学。还真的不错，教育局的人听完同学介绍我的情况后，立刻网开一面，大笔一挥，将我分配到离城里最近的东铁匠营中学。

　　这简直像是天方夜谭，我本人都没有到场，只是听同学这样一说，调动的事情立刻峰回路转，柳暗花明。今天，说出来，谁会相信呢？当时，我连句感谢的话都没有说啊。

时至今日，我依然常常会想起这件事情，至今都不知道教育局替我办好调动手续的人是男是女，但我在心里常怀对他或她的感念，因为这件事情，现在办起来不知道要费多少周折，当时却是这样的简单，干净，笔直得没用一点拐弯儿，甚至一点儿推诿或犹豫的停顿都没有，连贯得就像一道清澈的瀑布笔直自然地流淌而下。

1977 年的年底，我写下我的第一篇小说《一件精致的玉雕》，开始投稿，却是烧香找不着庙门。当时，我在丰台文化馆的文学组参加活动，文学组的朋友看完小说后觉得不错，替我在信封上写下地址，再剪下一个三角口，连邮票都不用贴，就寄给了《人民文学》杂志。我心里直犯嘀咕，《人民文学》是和共和国同龄的老牌杂志，是文学刊物里的"头牌"，以前在它上面看到的尽是赫赫有名作家的名字。那时候，刘心武的小说《班主任》刚刚在《人民文学》上发表，轰动一时，《人民文学》自然为众人瞩目。我这篇单薄的小说，能行吗？

没过多久，学校传达室的老大爷冲着楼上高喊有我的电话，我跑到传达室，是一位陌生的女同志打来的，她告诉我她是《人民文学》的编辑，你的小说我们收到了，觉得写得不错，准备用，只是建议你把小说的题目改一下。我们想了一个名字，叫《玉雕记》，你觉得好不好？我当然忙不迭地连声说好。能够刊发就不容易了，为了小说的一个题目，人家还特意地打来电话征求一下你的意见。光顾着感动了，放下电话，才想起来，忘记问一下人家姓什么了。

1978 年的第四期《人民文学》杂志上刊发了这篇《玉雕记》。我到现在也不知道打电话的那位女同志是谁，不知道发表我的小说的责任编辑是谁，那时候，我甚至连《人民文学》编辑部在什么地方都不清楚。一直到二十年后我调到《人民文学》，我还在打听这位女编辑是谁，杂志社资格最老的崔道怡先生对我说，应该是许以，当时，她负责小说。可惜，许以前辈已经去世，我连她的面都没有见过。

人的一生，世事沧桑，人海茫茫，从未谋面的人，总会比见过面的人要多。在那些从未谋面的人中，都是你所不熟悉甚至根本不知道他们经历性格秉性的人，他们当中，能够有帮助过你的人，都是没有任何利害或功利关系、没有相互利用或交换价值，甚至没有任何蝇营狗苟的些微欲望的人，他们对你的帮助，是出自真心，是自然而然扑面而来的风，滴落下来的雨，绽放开来的花。那种清爽、湿润和芬芳，稀少，却是实实在在的存在，他们让你相信，这个世界存在再多的龌龊，再多的污染，再多的丑恶，也不会泯灭人心与人性中的美好，让我们心存温暖而有生活下去的信心。

从未谋面，却那样熟悉，那样亲切，他们总会清晰地浮现在我的面前，定格在我的记忆里。

疫情后开学头一天 Fuxing 2021.8.44

# 视频电话

　　手机有了视频功能之后，打电话方便许多，也进化许多。再远的距离，动一下手指，即可联通；而且，还可以有图像，活灵活现，仿佛就在眼前，面面相觑，触手可摸。不得不惊叹人类高科技的进步。

　　在物质不发达的年代，电话都不普及，高科技更是遥不可及。打个普通的电话都困难，别说打长途电话；视频，更只在遥远的梦中。

　　记得在北大荒的时候，如果想给北京家里打个电话，需要到农场场部的邮局去打，全农场只在那里有一台电话，可以打长途。从我们生产队到场部，要走十六里地。如果是冬天，特别是春节前，常常会遇到"大烟泡"。顶着风雪，踩着雪窝子，走到场部，已经成了雪人。走进邮局，光扫身上的雪，就要扫半天。

　　即便挂通电话，北京那边接电话的，是管公共电话的人，那人要走到我家大院里，叫唤着我妈或我爸去接电话，我妈或我爸要走到公共电话那里，才能接到我的电话。这来回的一去一来，都是要付电话费的。在等候我妈我爸接电话的时候，电话筒里嗡嗡的响声，和我心里怦怦的跳动，一起回响，响得惊心动魄，都是人民币唰唰的声音呀。所以，我很少打这种长途电话。

前些日子，我读到一首诗《落日颂》，作者是位打工者，名字叫窗户，显然是个笔名。诗很短，只有三小节——

　　和儿子视频，落日映红窗外
　　放假以后的操场上，
　　空空荡荡。儿子告诉我
　　他养的蚕长大了
　　他的脚不小心扭伤了妈妈给他贴了止疼膏

　　他像小鸟一样叽叽喳喳
　　我一直默默倾听
　　在视频里看到他妈妈偶尔走过的身影
　　和一缕投向我的温柔的目光

　　落日缓缓落下，我所在的地方
　　是他们未曾抵达的远方

读完这首诗，我很感动。如今，即使是普通的打工者，再一般的人家，也会有个手机，都可以打视频电话。于是，相隔再遥远的距离，也可以一键相连，近在咫尺。再不用像我当年为打一个长途电话，在北大荒要顶着风雪跑十六里地，在北京要跑到电报大楼候诊一般焦急地等待。

而且，关键还可以视频。面对面，有那样多的细节，有那样多的感情，洋溢在视频的画面中。诗写的只是他和儿子的视频，但他在家辛勤的妻子，也闪现其中："他妈妈偶尔走过的身影，和一缕投向我的温柔的目光"，多么温馨动人。如果没有视频，和以前如我打过的长途电话那样，只有声音，这样的身影和目光，便像被筛子一样筛掉而无法再现。

不知为什么，这首诗要起《落日颂》这样一个大题目？如果我是作者，索性就叫《视频》。

视频，太简单，太平庸，没有落日和远方的诗意。视频，却已经走进了我们日常的生活，让我们再简单、再平庸、再琐碎的生活，有了感情生动的闪现；让再简单、再平庸、再琐碎的感情，有了一抹色彩和光影，如一幅幅流动的画面。

# 迷迷糊糊的童年

读初一，学校离家较远，家里每月给我三元钱，两元的月票钱，一元的早点和零花钱了。不买月票，走着上学，要走半个小时，但省下的这两元钱，可以买书，也可以看电影。那时候，看一场电影，学生票只要五分钱。

从我家住的胡同东口出来，过崇文门外大街，我要穿过花市大街去学校。街西口路北，有一家花市电影院。刚刚开学，同学不熟，下午放学，常是独自一个人寂寞地走回家。路过花市电影院，看看广告，猜想着会不会有意思，如果觉得有意思，就花五分钱买张票进去看。

印象最深，看的是《白痴》和《珍珠》两部电影。前者是部苏联电影，后者是墨西哥电影。说实话，都没有看懂。

《白痴》里，到底谁是白痴，看到最后，都莫名其妙，只是觉得梅斯金公爵和那个女主角长得都非常漂亮。那种漂亮，和我们中国电影里男女主角的漂亮不大一样。那时候，一直觉得我们电影里男演员中王心刚，女演员中王晓棠，最漂亮。可是，和《白痴》比，没有人家那种忧郁和内心的深不可测。

和《白痴》相比，《珍珠》的男女主角，一点儿也不漂亮。只觉得那海水真的是非常清澈透明，水下面的鹅卵石看得那么清清楚楚，阳光下，水在动，鹅卵石跟着也在动。我真的从来没有见过这么清澈透明流动得又那么曼妙的水，和那一颗颗像鱼一样会动的鹅卵石，晶亮亮的，随着水面泛起的波光，不停在闪动。

下午一般只有两节课。放学后，走到花市电影院，正好赶上四点多的那场电影，看完电影，六点多，冬天的时候，天已经黑了，街灯都亮了起来，明晃晃地照得花市大街亮堂堂的，人来人往，明显也多了起来，热闹了起来，车水马龙，嘈杂喧嚣，和电影里是完全不同的两个世界。

不过，走进我家住的那条胡同，一下子就安静下来，路灯也稀疏、昏暗了下来，只有暗淡的影子跟随着我自己。刚才看过电影里的一些镜头，一下子如同沉在水底的鱼，振鳍掉尾，浮出水面，浮现眼前：梅斯金眼睁睁地看着那个漂亮女人往火炉里大把大把扔进钞票，尽管我并不明白她为什么要这样做。她的名字，我也没有记住，但是，梅斯金的名字，却记得牢牢的，只因为觉得这个名字叫起来好听。还因为看过电影《家》，记住了黄宗英扮演的梅表姐，便没有来由地将梅表姐和梅斯金联系一起。电影没看懂，想得却自以为是。一个初一的小孩子的心思，有时候就是这样莫名其妙。

《珍珠》中那清澈透明的海水和水中的鹅卵石（珍珠就是那水里找到的）。不知为什么，总能想起的不是那珍珠，而是那片清澈透明又流动的海水。那片海水，漫延过我的整个中学时代。

学生时代，特别是初中，不懂的东西有很多。世界，对于我大多是不可知的充满好奇，渴望弄懂，却一直都是懵懂的。学习上的具体问题，可以问老师问家长问同学，电影看不懂，我不知道去问谁。尤其看的是外国电影，是大人看的而不是小孩子看的电影，如果问老师或家长，又怕挨说。于是，《白痴》和《珍珠》，一直到我中学毕业，我也没弄懂。即使上了高中，我知道了这两部电影分别改编自陀思妥耶夫斯基和斯坦贝克的小说，我从学校的图书馆里借到了这两本小说，但是，说老实话，似是而非，我还是没有看懂，却在合上书之后，自以为看懂，当别人问起的时候，还不懂装懂地讲上那么几句。

有时候，我会想，也许，一个孩子，就是这样在似是而非不懂与不懂装懂的过程中长大的，就像罗大佑的《童年》里唱的那样：一天又一天，一年又一年，迷迷糊糊的童年。一个孩子，过早进入成人世界，万事通一样，什么都懂，也不见得是什么好事。对于未知的世界，充满疑惑和迷茫，充满好奇与不解，懵懵懂懂，迷迷糊糊，恰恰是人生这个阶段的一种状态，如同野渡无人舟自横，无须别人帮助，只要独自横在那里那么一会儿，静听风吹，乃至雨打和冰封，长大以后，自可以风帆渐渐鼓起，涉水渡江而去。

流年似水，转眼过去了六十多年。仔细回想，初一那一年，在花市电影院，看过那么多场电影，却只记住《白痴》和《珍珠》两场，还没有看懂。留在记忆中的，只是梅斯金眼睁睁地看着那个漂亮女人往火炉里大把大把扔进钞票，还有那清澈透明的海水和水中像鱼一样会动的鹅卵石。

青岛福音堂　　　Fuxing　　2023.3.21.春分

# 等那一束光

老顾是我的中学同学，一起插队到北大荒，一起当老师回北京，生活和命运轨迹基本相同。不同的是，他喜欢浪迹天涯，喜欢摄影，在北大荒时，他就想有一台照相机，背着它，就像猎人背着猎枪，像没有缰绳和笼头的野马一样到处游逛。攒钱买照相机，成为了那时的梦。

如今，照相机早不在话下，专业成套的摄影器材，以及各种户外设备包括衣服鞋子和帐篷，应有尽有。退休之前，又早早买下一辆四轮驱动的越野车，连越野轮胎都已经备好。万事俱备，只欠东风，只要退休令一下，立刻动身去西藏。这是这些年早就盘算好的计划，成了他一个新的梦。

终于退休，奘到了他梦想中的阿里，看见了古格王朝遗址。这个七百年前就消失的王朝，如今只剩下了依山而建的土黄色古堡的断壁残垣，立在那里，无语诉沧桑般，和他对视，仿佛辨认着彼此的前生今世的因缘。

正是黄昏，高原的风有些料峭，古堡背后的雪山模糊不清，主要是天上的云太厚，遮挡住了落日的光芒。凭着他摄影的经验和眼光，如果能有一束光透过云层，打在古堡最上层的那一座倾圮残败的宫殿顶端，在四周一片暗色古堡的映衬下，将会是一帧绝妙的摄影作品。

他禁不住抬起头又望了望，发现那不是宫殿，而是一座寺庙，白色青色和铅灰色云彩下，显得几分幽深莫测，分外神秘。这增加了他的渴望。

他等候云层破开，有一束落日的光照射在寺庙的顶上。可惜，那一束光总是不愿意出现。像等待戈多一样，他站在那里空等了许久。天色渐渐暗下来，他只好开着车离开了，但是，开出了二十多分钟，总觉得那一束光在身后追着他，刺着他，恋人一般不舍他。鬼使神差，他忍不住掉头把车又开了回来。他觉得那一束光应该出现，他不该错过。

果然，那一束光好像故意在和他捉迷藏一样，就在他离开不久时出现了，灿烂地挥洒在整座古堡的上面。他赶回来的时候，云层正在收敛，那一束光像是正在收进潘多拉的瓶口。他大喜过望，赶紧跳下车，端起相机，对准那束光，连拍了两张，等他要拍第三张的时候，那束光肃穆而迅速地消失了，如同舞台上大幕闭合，风停雨住，音乐声戛然而止。

往返整整一万公里，他回到北京，让我看他拍摄的那一束光照射古格城堡寺庙顶上的照片，第二张，那束光不多不少，正好集中打在了寺庙的尖顶上，由于四周已经沉淀一片幽暗，那束光分外灿烂，不是常见的火红色、橘黄色或琥珀色，而是如同藏传佛教经幡里常见的那种金色，像是一束天光在那里明亮地燃烧，又像是一颗心脏在那里温暖地跳跃。

不知怎么，我想起了音乐家海顿，晚年时他听自己创作的清唱剧《创世纪》，听到"天上要有星光"那一段时，他蓦地从座位上站起来，指着上天情不自禁地叫道："光就是从那里来的！"那声音长久地在剧场中回荡，震撼着在场的所有人。在一个越发物化的世界，各种资讯焦虑和欲望膨胀，搅拌得心绪焦灼的现实面前，保持青春时分拥有的一份梦想，和一份相对的神清思澈。如海顿和我的同学老顾一样，还能够看到那一束光，并为此愿意等候那一束光，是幸福的，令人羡慕的。

己亥之夏          FuXinGT 2019.7.14.

# 毕业歌

　　二十世纪五十年代中期，玉石和他的爸爸妈妈住进我们大院，房子是用以前的厕所改建的。我们什么时候到他家去，地上总是潮乎乎的，总觉得有股子臭味儿。但是，玉石觉得比他们家以前在农村住的好多了，关键是，离学校近，这让他最开心。他对我说过，在村里上学，每天得跑十几里的山路。

　　玉石搬进来那一年，读小学六年级，来年就要读中学了。这是他家忍心从农村搬进北京城的一个主要原因。玉石的爸爸在村里是泥瓦匠，有手艺，到了北京，很快就在建筑工地找到了活儿。房子虽然是厕所改的，一家人的日子过得其乐融融。就是玉石像豆芽菜一样，虽然比我大三岁多，长得还没有我高。记忆最深的是，有一次我们房东太太好心地对玉石的妈妈说：你家孩子这是缺钙呀！玉石妈妈连忙摆手说：我们家玉石不缺盖，家里的被子絮的棉花挺厚的。

　　我们大院里好多街坊，都像房东一家关心玉石家，不仅因为两口子待人和气，关键是心疼玉石，玉石学习确实棒，小学毕业以全校第一的成绩考入汇文中学，更是让人们的心偏向玉石。并且，家家都拿玉石做榜样，催促自己孩子好好学习。

我爸爸就是最有代表性的一个，几乎天天对我说：你瞧瞧人家玉石是怎么学的，你得像玉石一样，也得考上汇文！

三年后，我也考上了汇文中学。玉石又考上了汇文的高中。全院开始以我们两人为骄傲。这是 1960 年的秋天，自然灾害和人祸一起搅裹，饥饿蔓延，家家吃不饱肚子。冬天到来的时候，玉石的爸爸从工地的脚手架上摔了下来，当场没了气。事后，从玉石妈妈的哭丧中，人们才知道，玉石的爸爸是把粮食省下来让玉石吃，自己尽吃豆腐渣和野菜包的棒子面团子，天天在脚手架上干力气活，肚里发空，头重脚轻，一头栽了下去。

玉石是个懂事的孩子，爸爸走了，妈妈没有工作，他不想再上学了，想去工地接他爸爸的班。工地哪敢要他？背着书包，不是去学校，瞒着他妈妈，天天去别的地方找活儿。一直到我们学校里的老师到家里找来了，是他班主任丁老师，一个高个子教物理的老师。玉石没在家，还在外面跑呢。丁老师对玉石妈妈说：玉石学习成绩一直很好，是个读书的材料，这么下去，就可惜了，您要劝劝他。学校也会尽力帮助的。咱们双管齐下好吗？

玉石妈妈没听懂双管齐下是什么意思，等玉石回来，只是一把鼻涕一把眼泪地对玉石说：孩子呀，你爸爸为啥拼着命从村里到北京来？又为啥拼着命干活儿？还不就是为了让你好好上学？你这说不上学就不上学了，对得起你爸爸吗？说句不好听的，你爸爸就是为了你死的呀！

玉石又开始上学了。有一天放学，在学校门口，我碰见了他。他显然是在校门口等我半天了。他要我跟着他一起去一个地方，我跟着他一直走到东便门外，顺着河沿儿，一直走到二闸，人越来越少，已经是一片凄清的郊外了。他带着我走到了一个废弃的工地上，这时候，天擦黑了，暮霭四起，工地上黑乎乎的，显得有些瘆人。他悄悄对我说，你就在这里帮我看着，如果有人来了，你就跑，一边跑，一边招呼我！他这么一说，让我更有些害怕，不知道他要做什么。不一会儿，就看见他从工地上拉出好多钢丝，还有铜丝，见没人，拽上我就跑，跑到收废品的摊子前，把东西卖掉。他分出一部分钱给我，我没要，我知道，这也是没办法的事，他妈妈现在给人家看孩子，他是想用这种办法为母亲分担。

终于有一天，我们让人给抓到了。虽然是废弃的工地，还有不少建筑材料，也有人看守。玉石拉上我就跑，那人追上我们，一把揪着我们的衣领子，像拎小鸡似的把我们抓到他看守的一间板房里，打电话通知我们学校。来的老师，骑着自行车，高高的身影，大老远就看出来了，是玉石的班主任丁老师。那人余怒未消，对丁老师气势汹汹叫嚷道：你们学校得好好教育这俩学生，明目张胆地偷东西，太不像话了！丁老师点着头，把我们领走，推着他那辆破自行车，沿着河沿儿，一路没有说话，只听见自行车嘎嘎乱响，我感到我们的脚步都有些沉重。走过东便门，走到崇文门，在东打磨厂口，丁老师停了下来，对我们说：快回家吧。然后，他从衣兜里掏出了几块钱，塞在玉石的手里。玉石不要，他硬塞在玉石的兜里，转身骑上车走了。走进打磨厂，路灯亮了，我看见玉石悄悄地抹眼泪。

玉石再也没有去工地。学校破例给了他助学金，一直到他高中毕业。1963 年，他考入地质学院后，和他妈妈一起从我们大院搬走，我就再没有见过他。

前不久，我接到一个从西宁打来的电话，让我猜他是谁。我猜不出来，他告诉我他是玉石。他说他后来分配去了青海地质队，一直住在青海。他说他看过我写的柴达木的报告文学，也知道我弟弟在青海油田工作过。他说他一直生活在青海，他妈妈一直跟着他，一直到去世。他说他退休后在学习作曲，而且出过专辑的唱盘。他笑着对我说：你觉得奇怪吧？我是学地质的，怎么改行了呢？我说我是有点儿奇怪，你是跟谁学的作曲？他说：我是自学的。但也不能这么说，你知道我读高中的时候，教我们数学的是阎述诗老师。我问：你跟他学的？我知道阎述诗老师曾经为著名的《五月的鲜花》作过曲。他笑着说：不是，但是，我想阎老师可以教数学又可以作曲，我为什么不能学地质搞勘探又能作曲？玉石是一个有能力的人，有能力的人，世界在他面前是圆融相通的。

最后，他告诉我，他学作曲，是想为丁老师作一支曲子。

那个晚上，丁老师让他难忘，让他感受到世界上难得的理解和温暖。他说，这么多年，只要一想起丁老师，心里就像有音乐在涌动。

我告诉他，丁老师早好多年就已经去世了。他说我知道了，所以，我想你把我的这番心思写篇文章好吗？我想借助你的文章让人们知道丁老师。过几天，我会把歌寄给你。

我收到了玉石作的歌，名字叫《毕业歌》。说实在的，曲子一般，但其中一句歌词让我难忘：毕业了那么多年，你还站在我的面前；那个懵懂的少年，那个流泪的夜晚。

谐趣园 泛天宫 夸　Daxing 2021.10

# 贝 壳

　　从玩具的变化可以看到世界的发展真是神速。现在的玩具，已经可以虚拟到电脑上玩了，花样层出不穷，刀光剑影，过关斩将，可谓惊心动魄。不要说我小时候了，那时的玩具有什么呀，记得大院里有钱人家的女孩子抱着一个眼睛能眨动的布娃娃，就足让我们瞠目结舌，算是奇迹了；而我们男孩子只能蹲在地上撅着屁股玩弹球，或者是拍洋画；滚铁环，抽陀螺，都得爹妈给点儿钱才行。

　　我有了孩子以后，孩子拥有的玩具，已经和我小时候不可同日而语了。儿子五岁那一年的夏天，我去了一趟深圳。那时，沙头角刚刚开放，在那条当时人头攒动的中英街上，我给孩子买了一辆遥控小汽车。这是当时我家最现代的玩具了。只可惜我家那时地方太小，地又不平，小汽车无法跑得开，我们只好让儿子抱着它到陶然亭公园去玩。小汽车在公园的空地上尽情地奔跑，一直能奔跑到远处的草坪中，像兔子似的钻进草丛中出不来。看着孩子用遥控器控制着汽车左右前后地奔突的样子，才会明白不同的玩具带给孩子的欢乐是多么不同。

　　如今，儿子已经长大，他自己的孩子都长到他当年玩遥控小汽车一样的年龄了。我对他说起这些玩具，他居然已经不大记得了。这让我有些奇怪，便问他还记得小时候玩的什么玩具呢，他说让他记忆犹新的玩具，是家里存放的那些贝壳。这让我更有些惊奇。贝壳如果也算玩具的话，大概是孩子很简单甚至是最原始的玩具。这些贝壳，他都一一查出了它们的名字，然后把名字写在小纸条上，贴在贝壳上：东方鹑螺、唐冠螺、竖琴螺、夜光蝾螺、焦棘螺、虎纹贝……他珍爱的贝壳放在盒中，摆放在柜子里，可以天天和他对视对话，彼此诉说着关于大海和童年许多有趣的事情。

有意思的是，去年，他到法国工作半年，带着他的孩子一起住在那里，放假的时候，他和孩子最喜欢到海边去拾贝壳。一起在退潮的沙滩上寻找贝壳，孩子有意外发现之后的大呼小叫，大概让他想起了自己的童年。半年之后，他和孩子拾了满满两大瓶贝壳，沉甸甸地带回北京，全部倒在桌子上给我看，然后听他的孩子如数家珍一般细数每一粒贝壳是从哪里的海边捡到的，那股子兴奋劲儿，让我想起了儿子的小时候。

时代的发展，日新月异的玩具变化，带给新一代孩子们更多新颖神奇数字化高科技的惊喜，令他们应接不暇，很容易将过去一代的玩具视为老掉牙乃至不屑一顾。比如，这些贝壳，无论如何也不会比那些电子玩具更对孩子有吸引力。我很高兴，儿子和他的孩子居然都很珍惜这些并不起眼的贝壳。

孩子的童心童趣，其实更多和大自然亲密地联系在一起。贝壳，不过是神奇而丰富的大自然给予孩子和我们的馈赠之一。

# 问路一街槐花香

出门在外，谁都有过问路的经历。

那天，我在保安寺街上转悠，保安寺街有明朝古刹保安寺，有大军阀吴佩孚的大宅门。三进三出的院落且有东跨院的豪宅，当年是庭院深深深几许，如今落魄的凤凰不如鸡，已经沦落为拥挤不堪的大杂院。站在前院狭窄的空地间，和街坊们聊天，话题如鸟啄食一样，都落在"拆迁"二字上。因为这里要拆迁，大家七嘴八舌，说得挺热烈。我没有注意到，人群中有这样一位老爷子。

在保安寺街上来回转了一圈，一直走到街东头，出现了三岔口，想去北大吉巷，不知该往哪儿走。问站在街边乘凉的街坊，话刚落地，身后传来了响亮爽快的话声：去北大吉巷，跟我走！转身一看，是位老爷子，推着一辆轮椅，轮椅上坐着一个智障男子，年纪得有四十，老爷子也得是六十往上了。看样子，是父子俩。

我跟着老爷子折回往西走。老爷子对我说：刚才你到我们院子去过。这话透着亲近，一下子缩短了彼此的距离，是老北京人的风格。我这才注意到，他说话的声音洪亮，只是显得多少有些吃力，每个字间有些间隔，不那么流畅。心里暗想，儿子智障，他多少也有些毛病，也许是遗传。

又快走到吴佩孚的老宅前了。右手往北有一条小胡同。老爷子推着轮椅，在路口停住了，他用手一指，告诉我：就走这儿，走到头是南大吉，再走，就是北大吉。我问了一句：走到头，往右拐，还是往左拐？这话好像有些问住了他，他有些犹豫，低着脑袋，想了想，然后抬起头来告诉我：往右。

我向他道谢后告辞了，刚走两步，听身后又传来他的话声：是往右。那话像是喃喃自语，又像是再次的叮嘱。我禁不住回过头，看见他正伸开两只手，眼睛来回在转，看看自己的右手，又看看左手，最后确定，是往右，没错。他的儿子依在轮椅上，眼睁睁地望着他，多少有些奇怪父亲的这举动。他却向我笑笑，摆摆手，让我赶紧去找北大吉巷。

他刚才那微小的举动，让我感动。一路走一路总想，他那来回看手的样子，不像老人，倒像是孩子。有些智障的人，有时比没有智障的健全人，更认真，更善良，更可爱。对比我们荆棘丛生般芜杂的心，他们的心地更单纯得像孩子。一个人的心理年龄和实际年龄，因心地的原因，往往会拉开很大的距离，哪怕只是微不足道的一件小事。

往右拐了，是一街槐花的清香。

辛丑夏广州四姐图 FuXiNG 2021. 7.

# 年 灯

大年夜，我家后面老爷子家的那盏年灯，在他家封闭阳台的落地窗前，又亮了起来。

老爷子是位老北京，讲究老理儿。过年的时候，家里如有亲人还没有赶回来，要点亮这样一盏年灯，等候亲人的归来。什么时候亲人回来了，这盏年灯才可以熄灭。如果亲人一直都没有回家过年，这盏年灯每晚都要点亮，一直要等到正月十五，也就是年完全过后，才可以将灯取下。如今，满北京城，如老爷子这样坚持守候过年老理儿的人，不多见了。

老爷子的儿子和我的儿子都在美国，一样读完博士，在美国成家、生子、工作，我们有很多共同的话题，比较熟，也比较说得来。我知道，前些年，老爷子和老伴还常常去美国，看他的儿子，帮助带带孙子。如今，孙子都上中学了，老爷子真的老了。他不止一次对我说：快八十了，十几个小时的飞机坐不了喽，前列腺不争气，总得上厕所。便盼望儿子能够带着媳妇和孙子回来过一回春节。盼了好几年，不是儿子和儿媳妇工作忙，就是孙子春节期间正上学请不了假，都没能回来。每年春节，老爷子家阳台的窗前，都亮起了年灯。

今年老爷子家的这盏年灯，换成了一盏长方形的八角宫灯，下面垂着金黄色的穗子，木制，纱面，上面绘着彩画，过年的色彩更浓了。

大年初一过去了，大年初二也过去了……老爷子的年灯，就这么一直亮着。在偌大的北京城，不知道还有没有什么人，能守着这么一份过年的老理儿，点亮这样一盏守候着亲人回家过年的年灯。

一天半夜里，我起夜，在厕所的后窗前瞥见那盏年灯，无月无星只有重重雾霾的夜色里，它比一颗星星还亮，亮得如同一个旷世久远的童话。

大年初五的早晨，我起床后，从后窗望去，忽然发现，老爷子家阳台落地窗前的那盏年灯，没有了。这一天的天气难得格外地晴朗，太阳斜照在他家阳台的落地窗上，明晃晃地反光，直刺我眼睛，我以为眼花了，没有看清。定睛再细看，年灯真的没有了。

正有些奇怪，看见一个男人领着一个十几岁的男孩子，走进阳台，他们都穿着一身运动衣，两人做起了体操来。不用说，老爷子的儿子和孙子回家了。虽然，没有赶上年夜饭，毕竟赶上了今天晚上破五的饺子。离正月十五还有十天，年还没有过完呢。

# 小店除夕

　　夏天，我们社区里新开了一家小店，主要卖蔬菜水果，兼卖米面油盐。小店虽小，也算是五脏俱全，方便了社区人家。除夕，小店还在开着，大门口贴着告示，要开到下午，专门等着那些工作忙碌晚回家的人，可以到这里买他们需要的东西，尤其是备好了很多过年包饺子的韭菜。

　　小店虽然只开了小半年，但天天的往来，和大家很熟悉，成为了街里街坊一般亲切。人们早已经看得门儿清，是从河北乡间来北京打工的一家子经营这个小店。父亲和母亲整理果菜，儿子开一辆面包车负责进货，儿媳妇在电子秤前结账收银。沙场点兵，各在其位，一家人忙忙碌碌，脚不拾闲，把小店弄得井井有条，红红火火。

　　父母和儿子都是扎嘴的葫芦不大爱说话，儿媳妇爱说，嘴也甜，叔叔阿姨，爷爷奶奶的，叫得很亲，人们都爱到小店里买东西，省了走路到外面的超市去，像是又回到过去住胡同的时候，胡同里的副食店（过去我们管这样的小店叫作油盐店），虽然没有现代超市那样的繁华，却绝对没有假货过期货或缺斤少两。如果忘记带钱或者带的钱不够，完全可以下次再补上。如果是老人，买的东西多，儿子会主动上来帮你扛回家。如果你生病了，下不了楼，出不了门，只要你和小店扫下了微信，在微信告诉一声，他们可以送货上门。小店成了大家的菜园果园后花园和开心乐园。

除夕这一天，小店开到了下午，然后，他们全家坐上儿子开的那辆面包车，回家过年。两个多小时的路程，只要不耽误除夕夜的饺子和鞭炮就行！儿媳妇笑吟吟地对来到小店里的客人，一遍又一遍重复说着，脸上一遍又一遍绽放出甜美的笑容。

有人给小店送来的福字和剪有卡通猪的窗花，这一家子都贴在了小店的窗户和房门上。人们说，是让你们带回家过年贴的。儿媳妇笑着说：现在就是过年了，贴在这里，我们不在，也显得喜兴，让它们替我们看店！

下午两点多了。小店里剩下的货物还有不少，特别是水果，香蕉、苹果、梨、橙子，还有新鲜的草莓和刚进不两天的杨桃。如果卖不出去，他们又带不走这么多，这一走，得过了正月十五才回来，都得烂在这里。儿媳妇还在一直笑吟吟地结账收银，和街坊说着过年的话，爹妈的脸色有些发沉。

午饭休息过后的街坊们，来小店里买东西的不多，路过这里的不少人，一看小店还开着门，这一家子还没有回家过年，都走进小店，好奇，也关心看看，问问。儿媳妇见这么多人进来，高声叫喊着：所有的东西都半价处理了呀！街坊们都明白了，油盐酱醋糖，一瓶子一瓶子，一袋子一袋子，放在这里没问题，这些蔬菜和水果，必须得都卖出去，要不就损失了啊，那都是钱，都是这一家子的辛苦的血汗呀。

于是，不管需要不需要，进来的人，每个人手里都从货架上取下点儿东西，不一会儿，儿媳妇的电子秤前，居然排起了长队。儿媳妇把东西上秤称好，打出小票，递给人们，不忘说句：阿姨，您看看，小票上是不是打上了半价，要不是，您告诉我一声。人们说：不是半价，我们也会买的！还有人对儿媳妇说：待会儿回家，我会告诉街坊，让大家都来，你放心，这点儿东西都能卖出去！

我站在队后，听着这些话，心里很感动。在这座陌生的社区里，从来没有听到过这样亲切而贴心的话。普通百姓之间的良善，是温暖彼此最美好的慰藉。过去的一年，哪怕有再多的不如意和委屈，这一刻，也都随风而去。

下午四点左右的时候，我专门到小店门口，货物真的都卖出去了。这一家正在打扫房子，然后锁上门窗，看见了我，向我挥挥手，鱼贯般挤进面包车。面包鸣响一声喇叭，扬长而去。望着车远去，西天正落日熔金。

FuxinG　　　2023.1.25.年初四

# 开满鲜花的小院

2004 年的春天，二黄终于团聚。二黄，是一对夫妻，和我关系不错，我管男的叫大黄，女的叫小黄，其实，他们俩的年龄一样大。那时候，他们两口子还不到三十，工作都不错，收入也都不错，就是人分两地。大学研究生毕业后，小黄分配到了外地，大黄留在北京，分居好几年，好不容易，小黄调到北京，结束了牛郎织女的颠簸日子。

我很为他们高兴，见到他们的时候，说：赶紧买个房子，安个家，家才像家。我爱人对他们说：赶紧要个孩子，才像个家！

他们听从了我的建议，在近郊买了一套双拼中的一拼，刚建得的新房。那时候，他们买的这套房子每平方米才五千多元。不到二百平方米的房子，首付的钱，对于他们不在话下。这套房子，大黄看中的是宽敞，小黄看中房前有个小院，她从小喜欢植物，一直渴望有这样一座小院，可以种些花花草草。

新房装修好，已经到了秋天，我到他们的新居参观，小院已经遍布花朵，月季、蜀葵、鸡冠花、十样锦、美人蕉和太阳菊，姹紫嫣红，已经铺铺展展开满一院子。小黄得意地告诉我，这都是她的杰作。大黄指着院子一角的两株西府海棠说：这里原来开发商种了两株紫叶李，她嫌不开花，改种成了海棠。

好几年的春天，他们邀请我去他们家，看海棠花开。粉嫩色的海棠花，映在窗前，花影斑驳，随风摇曳着一幅印象派的斑斓图画。这时候，房价已经开始涨了，一年一个样，我和他们都庆幸这房子买得真是时候。稍稍有些不满足的是，他们一直没有孩子。我问过他们，知道大黄想要，小黄不想要，就这么拖了下来。

好日子总是过得显得快，而痛苦的日子让人感觉度日如年。这样花繁叶茂的日子过了不到十年，有一天，大黄来到我家，告诉我一个意外的消息，他和小黄离婚了。以前没有一点儿征兆，我有些吃惊。两地分居那样艰苦的日子都过得津津有味，现在住着这么大的房子，有着开满这样多鲜花的小院，干吗要离婚呢？大黄没有告诉我离婚的原因，也许是一言难尽吧。

小黄也单独来过我家，我也问过她同样的问题，她同样也没有说，只是讲，离婚了，过去的日子还是值得怀念的。她告诉我，离婚后，她把房子留给了大黄，自己一个人搬出去住，住在哪里，她没有说。这时候，房价噌噌地往上疯涨，小黄能够把房子留给大黄，不是她的心够大的，就一定另有原因。

我很替他们俩人惋惜。人的一生很短，贫贱夫妻百事哀，平地起波澜的事情，总让人心里有些怅然。

离婚之后，二黄都不怎么来了。大约十年前的春天，小黄到我家，告诉我她要去美国读博。她是来向我告别的。我隐隐地感觉，或许这是他们离婚的原因。

猪年那年春节前夕，小黄从美国寄来一张画着卡通猪的贺卡，她还记得今年是我的本命年。大黄来我家拜年，抱着他不满两岁的孩子。我才知道他已经结婚三年多了。我责备他结婚为什么不告诉我？他忙解释：离婚之后，忙着找中介卖房，又忙着找对象结婚，这不赶紧到您家赔罪来了吗？

我才知道，小黄办理出国和读书的一切费用，都出自大黄卖房子的钱。这让我感叹，并不是每个人都能够做得到的。大黄忙摆手说：也不完全是这样，离婚之后，我一直想搬家，一个人住在那里，总会又想起小黄在的日子。

可以想象，小黄拾掇的开满鲜花的小院，在没有小黄的日子里，已经一片凋零。大黄听完我讲了这样的话后说：可不是吗？卖房子的时候，人家看见小院狼狈不堪的样子，非要跟我压价，损失了好多钱。他又对我说：前几年，我到那里迁户口，专门看了看我的那个小院，你猜怎么着？人家把花都拔了，种上了西红柿、黄瓜、扁豆、辣椒和丝瓜，把小院改成菜园子了。连那两棵海棠都给换成了香椿树，说是春天可以吃香椿炒鸡蛋。

# 新年之叶

入冬几场雨后，树上的叶子几乎落光了。地上铺满树叶，五颜六色，像铺上一层彩色的地毯。每天下午放学，高高从校车上跳下来，见到我的第一句话就是：爷爷，咱们找树叶去吧！便先不回家，沿着落叶缤纷的小路找树叶。

他是想找树叶，让我帮助他一起做手工。

秋末时分枝头上的树叶，或金黄，或红火一片，在秋风的吹拂下，是那样灿烂炫目，拿在手中，近在眼前，才发现同样都是枫树，有三角枫、五角枫和七角枫的区别。而且，不同的枫叶，像伸出不同的触角，活了一般，让那红色的叶脉弯弯曲曲像是有血液在流动。不同流向的叶脉，让叶子的触角有了不同的弧度，那弧度像是舞蹈演员柔软而变幻无穷的手臂，富有韵律，让我们充满想象，便也成为做手工最佳的选择。

树叶手工越做越多，摆满一桌子。高高问我：爷爷，你最喜欢哪个？

我说：我喜欢这个小丑。你们看，这个小丑做得多有趣呀，黄色的叶子成了他的脸，三角枫做他的帽子，五角枫做他的裙子，那两片带刺的绿叶子，你们看像不像他穿的灯笼裤？那片小小的三角形的绿叶做成他的领带，多扎眼呀。最有意思的，还有一个小丑抛在半空中的红苹果。他像不像正在演杂耍？

那个红苹果，是用一小片杜梨树的叶子做成的，是高高的主意。自然，他也喜欢这个小丑，只不过，这个小丑是我和他一起完成的，高高还是最喜欢他自己独自完成的五彩树，用不同色彩的树叶做成的一棵开着缤纷花朵的树。

转眼新年就要到了。老师要求大家做准备送给每一个同学的新年礼物。放学回家，高高问我送什么礼物好，我说送你做的树叶手工多好！其实，他也是这么想的，只是，全班二十多个同学呢，爷爷，你得帮我！我帮他一起做了鱼、树、花、船……贴在一张张白纸上，用中英文写下了新年快乐的字样。高高想象着把它们带到学校，被同学一抢而光，老师夸奖说真是别致的新年礼物，心里有说不出的高兴！

这些新年礼物用了高高和我捡来的大多叶子，只有一片黑色的杜梨叶，一直没有舍得用。也不是真的舍不得，是不知道用在哪里恰到好处。高高曾经想它做成一只海龟，它黑亮黑亮的釉色和粗粗的叶脉，还真有几分海龟的意思。也曾经想把它一剪两半，做成两条木船，在上面用银杏叶和红枫叶做成它们各自的风帆。刚上一年级的他还拿不定主意。另外，要是做好了，他想送给老师，又想送给妈妈。到底送给谁，他也没有拿定主意。

东文民艺堂弥顶尔结婚 2023.3.10.

# 群里发来张老照片

　　群里一位同学发了张古董级的老照片。照片上前后两排人，前排四个人蹲着，后排五个人站着，都是小学同学，背景隐隐有树有水，大概是在公园。照片是用手机翻照的，手机的像素都很高，是照片太旧，本身照得也有些模糊，只能影影绰绰地看个大概。

　　同学问：能看出都是谁吗？

　　小学毕业，今年整六十年。都说岁月是把杀猪刀，六十年的日子更是早把人变得面目皆非，当年再俊的丫头和小伙儿，也只能让人不堪回首。

　　别看照片模糊不清，但架不住大家个个都是火眼金睛，而且，到了这把年纪，都有一种本事，就是越是久远的事情，越记得清；越是小时候的同学，越认得准。九个同学，八个同学都被猜得准确无误，唯独前排最右边蹲着的那个男同学，谁也没有猜出来，像公园遗物处一个无人认领的孤儿。

　　大家都说，他个子太矮，还蹲着，半拉身子在镜头外，像只受委屈的小猫，实在猜不出来是谁了。

　　其实，我认出来了。那个人是我。

照片是一年级第二学期到北海公园春游时的合影，班主任老师拍的。

那时候，我个子长得矮，像根豆芽菜。母亲去世不久，父亲从农村老家为我和弟弟带回来继母，家里的生活拮据，我穿的是继母缝制的衣服和布鞋，特别那条裤子，是缅裆裤，在照片上，我一眼就看了出来。同学穿的裤子前面有开口，是从商店里买的制服裤子。全班只有我一个人穿缅裆裤。这条缅裆裤，让我自惭形秽。

那一次春游，大家要带中午饭。我带的是母亲为我烙的一张芝麻酱红糖饼。这种糖饼，在我家是最好的了。在北海公园里，大家围坐一起午餐的时候，不少同学从书包里拿出来的是果子面包。还有羊羹，我从来没有见过这种食品，从那时才知道它是日本传过来的食品，是把红小豆熬成泥加糖定型而成，长方形，用漂亮的透明糖纸包装。他们抿着小口吃，空气中散发着浓郁的豆香。

我偷偷地扫视着这一切，内心里涌出一种自卑，还有更可怜的滋味，就是馋。在以后的日子里，我不止一次想起这次春游，想起自己的没出息。也就是从那时候开始，我努力学习，奋发刻苦，争取好成绩。我知道，我家穷，我没有果子面包，没有羊羹，唯一可以战胜他们的，是学习。

六十年过去了。大家都认不出来照片上的我了。大家都记不得当年的事情了。大家都老了。

是啊，小孩子一闪而过的心思，不过像一朵蒲公英随风飘走就飘走了，谁会注意到呢？一个孩子的成长，只能靠自己。馋，每一个小孩子都会有。但是，自卑与虚弱，需要靠自己，不是屈服于它们，就是打败它们；不是作茧自缚，就是化蛹成蝶。

照片上的我，不知是我自卑，躲在最边的位置上；还是同学对我无意地冷漠，把我挤在那里。一切在不经意之间，都有命定的缘分与元素。重看照片上六十年前的我，我没有自惭形秽，只是，我没有告诉大家那个孩子是我。

# 谁能保留六十六年前的贺年片

　　在新浪博客上偶然看到一则文章，是汇文中学一位叫李守圣的学长回忆王瑗东老师。因为王老师也是我所敬重的中学老师，所以格外关注这则文章。李守圣是 1954 年考入汇文读初一，那一年，王老师二十四岁，刚刚当老师不久，青春芳华，热情满满。

　　文章中，写到这样一件事，让我格外感喟。这一年除夕前，王老师用她的工资买了五十七张贺年片，邮寄到每一个同学的家。

　　六十六年过去了。李守圣学长还保留着王老师寄给他的这张贺年片。上面写着"送给守圣同学"，还印着王老师的一枚红红的印章。显得那么正式，像大人送给大人的一件礼物。想如今我们有老师是大把大把地接受学生送来的贺年卡，以及比之更为贵重的礼物，不觉哑然，不知今夕何夕。

　　贺年片上面印着的是一幅年画：天下着霏霏细雨，一个男同学背着一个病着或是伤着的同学，走在泥泞的乡间山路上。背上的男同学手里打着伞，前面坡下的一个女同学，怕他们滑倒，伸着手在接应。这张年画，我小时候曾经见过，贴在很多人家中的墙上，是那个年代常见的风格，温暖的友情，写实的画风，扑满纸面氤氲温馨的调子，如那时舒缓的丝竹弦乐。

是的，我猜得出，王老师是想传递这样温暖的友情，音乐般荡漾在李守圣的心头。因为那时候十二岁的李守圣，全家五口人挤在一间只有九平方米的小屋里艰辛度日。王老师特意选了这张贺年片，是想告诉他，有来自同学和老师温暖的友情，会帮助他渡过生活拮据的难关。

让我感动的是，十二岁的李守圣敏感地感知到王老师的这一份无言的感情。这张贺年片，像一朵花，在李守圣的手里盛开。奇迹般，竟然一直开放了六十六年而没有凋零。

在博客上，看到李守圣晒出的这张贺年片的照片，真的感觉像是一朵颜色古朴敦厚的花，不惹尘埃，不为争春，只为李守圣一个人默默地开放。

让我感动的，还在于李守圣竟然把这张普通的贺年片保存了整整六十六年。凡是和李守圣一样曾经经历过这六十六年岁月的一代人，都能够体会得到，这六十六年的风风雨雨，坎坎坷坷，辗转跌宕，荣枯浮沉，能将一件东西保存下来，是多么不容易。也可以想象，六十六年动荡之中，光是迁徙搬家该有多少回，无意或有意丢掉的东西，肯定会比保留下来的要多得多。况且，它只是一纸薄薄的贺年片，不是一件祖传的古瓷或一帧名画。

但是，对于价格与价值的认知，因人而异。在李守圣的心里，价格肯定并不等同于价值。在尘埃弥漫之处，在游思四起之处，在乱花迷眼之处，能够看到一线微茫之光神性般地闪烁，如此，他才会把这张看似普通的贺年片珍存了六十六年。可以想象，十二岁的少年，王老师的这一点关怀，让他幼小的心温暖、舒展并坚强起来，让他知道艰难困苦，玉汝于成。在一个孩子的成长路上，往往一件看似不起眼的小事，却如同划出的一道银河，帮助孩子来到一个新的天地。事实上，李守圣没有辜负王老师，中学毕业考取了哈军工。

六十六年前，王老师曾经给李守圣全班五十七名同学每一个人都寄去了一张贺年片。我不知道，如今，除了李守圣保存一张贺年片，还有多少人保存着他们手中曾有过的贺年片？我不敢说李守圣的那一张贺年片是硕果仅存，但我敢说，起码大多数人的手中已经拿不出来贺年片了。

这样的揣测，不是要责备什么人。因为我同时在想，如果我是他们全班的五十七名同学之一，我会保存着那张贺年片吗？真的非常惭愧，因为我不敢保证，而且，我想，大半我早已经把它丢掉了。尽管我可以为自己找出种种理由，我们不可能把事无巨细所有的东西都保留下来。但事实是我把它丢掉了，丢掉在遗忘的风中。

# 天坛小唱

伏天里的天坛，早晨凉快些。特别是在二道墙内的柏树林里，每一棵树浓密的叶子，都会遮下阴凉，吹来清风。忽然，听到一阵板胡的声音，伴随着有些嘶哑的歌声传来。细听，不是歌，是大鼓书；说准确点儿，也不是正经的大鼓书，而是有那么点儿大鼓书的味儿。显然，属于自创，自拉自唱，自娱自乐。在天坛，这样的主儿有的是，已成天坛一景。

循声走去，见一个六十多岁的老爷子坐在树荫下的一条长凳上边拉边唱，身边坐着个年龄相仿的老太太，手里在择茴香，大概是刚从菜市场买来的。前面稀稀拉拉围着几个热心的听众，津津有味边听边议论。

我听到的是这样一段：

> 活着不容易，死了也是难，
> 跟着老婆子，整天净瞎转。
> 才转完了红桥，又来逛天坛。
> 先去了回音壁哟，再登了祈年殿。
> 转了一大圈哟，出去吃早点。

出了那北门哟，有家小吃店。

来碗豆汁儿喝，就俩那焦圈儿。

豆汁儿那叫烫哟，焦圈儿那叫圆。

再来张糖油饼，那叫一个甜。

吃完了回家转哟，该到了吃午饭。

晌午饭吃个啥呀（白）

——来碗打卤面。

卤要自己做哟，面要自己擀；

面要擀筋道，别忘了搁点儿盐；

卤要多搁卤呀，可别那么咸。

老婆子一通忙哟，围着那灶台转。

我要看看报哟，看看这疫情还他妈的（白）有

　完没个完！

那边老婆子可不干了（白），冲我大声喊：

别在那儿养大爷，快给我剥头蒜……


　　唱到这儿，唱完了。听众虽不多，但很热情，余兴未尽，
纷纷问他：完了？

　　他点头说：完了。

　　这不像是完了呀，怎么也得结个尾吧？

　　都剥蒜去了，还怎么结尾？还再唱，我就成了大头蒜了！

　　他笑了，看看身边的老太太，老太太不理他，手里忙着

择茴香，抿着嘴也在笑。有人打岔说：今儿中午不吃打卤面，吃茴香馅饺子吧？大家乐得更欢了。

我听出来了，完全是想起什么唱什么，一会儿唱，一会儿道白，一会儿是老爷子，一会儿是老婆子，有人物，有情节，完全即兴式的说唱。不过，说实在的，曲子很单调，就那么一个调调，老驴拉磨似的来回唱。但是，很容易让人记住，而且，唱得真的是好，这词信手拈来，水银泻地，一点儿磕巴儿都不带打的，唱得那么接地气。如果和那帮抱着吉他唱民谣的歌手相比，比他们还要有滋有味，有趣有乐，有幽有默。

我走过去，对他说：老爷子，您够厉害的呀！这小词儿编的，一套一套的，快赶上郭德纲了！

他一听我这么夸他，非常得意，对我说：今儿碰上行家了，您要认识郭德纲，赶快把我给推荐推荐，我唱大鼓书、太平歌词，现编现唱，开口脆，没问题！

我对他说：现编现唱，您这手最厉害。您看您能不能给我现编现唱一段？

旁边的人有嫌还不够热闹的，起哄让他来一段。他倒也不客气，立刻操起板胡，张口就来——


这位把我夸呀，不住把头点。
我心里乐开了花（白），
再来一小段啊，谢谢您赏脸。

活着不容易，死了也是难，

不容易也得活哟，不能总耷拉个脸，

谁也不欠你个钱！

您要牢记住哟，笑比哭好看。

您还要再记住哟——

在家千日好哟，出门一时难，

家里有个宝哟，她是你老伴，

她能给你解个闷儿哟，还能陪你到处瞎胡转，

她能听你唱得跑了调哟，还能给你做顿热乎的饭，

——这个最关键！


唱到这儿，他用琴弓指着我的鼻头点了一点，然后，收弓站了起来。老太太把择好的茴香装进大花布包里，把择下的烂头败叶装进塑料袋里，也站了起来，笑着用拳头捶了他肩膀一下，说了句：成天就知道瞎唱！也没见你唱成个歌星，给我换俩钱花！说得大家呵呵大笑，看着他们俩人一前一后相跟着，很享受地走远。

老太太背着的花布包，像一朵盛开硕大的花，追着他们身后转。

# 体育课

我读大学是1978年，那一年，我三十一岁。那是粉碎"四人帮"之后中央戏剧学院第一次招生，我们班上的学生年龄大小不一，有应届中学毕业生，比我小许多的，也有比我年纪还大的，可谓爷爷孙子一锅烩。长着青春痘的，和一脸沧桑的，坐在同一个教室里，老师看了，都觉得怪怪的。

年纪大，不耽误上各种专业文化课，上这样的课，年纪还占着便宜，因为以前读的书多些，理解力会强些。唯独一门课，让年纪大的头疼，便是体育课。偏偏教我们体育课的张老师，是个上课极其认真严格的老师。

我们的体育课很正规，球类、投掷、跳箱跳马、垫上运动、单双杠、中长跑……应有尽有。夏天，到什刹海游泳；冬天，到北海滑冰；从不让你闲着。而且，不是单纯玩玩的，每一项结束，都要进行测验，记录下你的分数，登记在你的期末学习成绩册上。

这些运动项目，对年轻人来说，不算什么，对上点儿年纪的人，老胳膊老腿的，还真是不那么容易通过。我从小算是爱体育运动，这些项目勉强能过关。班上有几位和我年纪差不多的老龄同学，就没有那么幸运了。别说滑冰游泳根本不行，就是其他的项目，也常常出笑话。最有意思的是，一次练习跳箱，一个同学双手按着跳箱一端，使劲儿使大发了，竟然一把把跳箱盖推走，他自己整个身子一下子掉进跳箱里面了。另一次练习投手榴弹，一位同学助跑之后，把手榴弹投出去，不是向前，而是匪夷所思在他的身后飞落。上一次跳马让全班同学哄堂大笑，这一次可是吓得站在后面等待投手榴弹的同学一片惊叫，纷纷如鸟兽散。

从小学就有体育课，体育课上得如此惊心动魄，是我从来没有经历过的。我看到张老师站在一旁，不动声色，一句话不说。大概也是他从教这么多年从来没有见过的，让他哭笑不得，不知该对我们这帮学生说什么才好。

有好几位年纪大的同学悄悄指责张老师，说我们都这么大年纪了，又不是小年轻，体育课不是什么正经的课，对付对付算了，干吗还这么认真严格，难道还要把我们培养成运动员去参加奥运会不成？

这样的话，可不敢让张老师听见。戏剧学院里排座次的话，表演、导演、舞美和戏文分列前后，其中学习的科目众多，体育课，大概是要排在末端的。但是，张老师从来没有这样的感觉，体育课，他一直认为是整个学院的顶端，没有好身体，你天大的本事也是玩完。在他的体育课上，他始终如一位将军威武壮烈地站在那里，赛过再有名的演员导演和剧作家。

最难忘的是 1982 年之后我们大学毕业之际，体育课的考试是一千五百米长跑。那时候，我的同学后来有名的作家陆星儿正巧要生小孩，没办法参加这一千五百米长跑考试。大家心想张老师还不通融一下，好歹给个成绩，让陆星儿毕业得了。张老师毫不通融，坚持要陆星儿生完孩子回来补考。实在没有办法，陆星儿只好生完孩子恢复身体之后，回到学院找张老师补考。每一次想到陆星儿独自一个人，顶着寒风，从学院大门口，绕到圆恩寺前街，再顺着宽街跑到棉花胡同，跑到学院大门口，我都会想起我们这一代人大学独一无二的体育课。

当然，也会想起张老师。陆星儿独自一人长跑的时候，他也是独自一人，站在我们学院的大门前，手里掐着计时的秒表，等着陆星儿跑回来。他们一样顶着 1982 年年末的寒风。

云栖三座门初秋

ZHIXING 2022.9.10中秋节

# 通向护城河的小路

俄罗斯诗人茨维塔耶娃在谈到她自己的创作时说："阅读就是对写作的参与。"我信。对于写作者，读别人的书，总会情不自禁地和自己的写作相关联，用书中的水浇灌自己的花园。在阅读的过程中，看到书中的某一处、某一点，忽然让你感到似曾相识，进而让你立刻想起自己的这些人物场景或细节的一点一滴，便像一下子捅到你的腰眼儿上，让它们从沉睡中唤醒，从遥远处走来。

那天，我读法国作家纪德的自传，看到他写了这样一段："在溜达的时候，我们像做有点幼稚的游戏，假装去迎接我的某个朋友。这位朋友大概在很多人之中，我们会看见他从火车上下来，扑进我的怀抱，嚷道：'啊，多么漫长的旅行！我还以为永远见不到了呢。总算见到你了……'但都是一些与我无关的人从身边流动过去。"

记忆在读到这里的时候被唤醒，我立刻想起了那条通向护城河的小路。

那条小路，离我家不远，出大院，往西走不了几步，穿过一条叫作北深沟的小胡同就是。小路是土路，前面就是明城墙下的护城河，河水蜿蜒荡漾，河边有垂柳和野花。沿着这条小路往西走不到一里，便是北京的前门老火车站。1959年，新北京火车站没有建立之前，绝大多数进出北京的货车都要从这里经过。即使新火车站建立以后，这里还是货车站，好多年，货车依然要在这里进出。护城河的对岸，常常可以看见停靠或者驶出开进的列车，有时车头会鸣响汽笛，喷吐白烟，让这条清静的小路一下子活起来，有了蓬勃的生机。

我常一个人走在这条小路上，一直走到河边，然后沿着河边往西走，走到火车站。我像纪德所说的那样："假装去迎接我的某个朋友。这位朋友大概在很多人之中，我们会看见他从火车上下来，扑进我的怀抱……"

其实，并不是朋友，而是我的姐姐；不是扑进我的怀抱，而是我扑进她的怀抱。

我五岁的时候，姐姐离开北京，到内蒙古修铁路，每年探亲，都是从这里的火车站下车回家的。只是，姐姐每年只有一次探亲假，我便常常一个人走在这条小路上，幻想着姐姐会突然回来，比如临时的出差，或者和我想念她一样也想念我了。她下了火车，走出车站，走在这条回家的必经之路上，我就可以接到姐姐了，给她惊喜，扑进她的怀抱。

我读小学之后，一直到小学毕业，我常常走在这条小路上，假装去迎接姐姐。尽管一次也没有接到过姐姐，但不妨碍走在这条小路上时的心情荡漾，即便是假装的，却是充满美好的想象，让思念的心情，像鸟有了一个飞翔的开阔的天空。这一份假装和想象，便被一次次这样的美好的色彩涂抹得五彩缤纷，伴随我度过整个的童年和少年。

读完纪德这本自传，我专门回了一趟小时候住过的那条老街。老街还在，老北京火车站还在，变成了火车博物馆。老火车站前的 22 路公交车站不在了，我们的老院不在了，北深沟的那条小胡同不在了。护城河也不在了，护城河边的明城墙也不在了，那条通向护城河的小路更不在了。

老街在就行，老火车站在就行。我照着小时候也照着纪德所说的那样，沿着老街一直走到老火车站，"假装去迎接我的某个朋友。这位朋友大概在很多人之中，我们会看见他从火车上下来，扑进我的怀抱……"

真的，姐姐真的就从火车上下来，扑进了我的怀抱。

# 厨房图书馆

十六年前的春天，我到美国的新泽西靠近普林斯顿的一个小镇，住了半年。刚到不久，赶上我的一位朋友乔迁新居，赶到他新买的房子为他稳居。他和他的女友当初都是国内名牌大学毕业，来美国八年，忙读博，忙工作，一直处于动荡的打拼中，女友早都升为老婆，始终租房子住，总没有家的踏实感觉。终于买了房子，家才像个家。下一步，就是再要个孩子，一切就花好月圆了。

他们买的房子，在国内算作独栋别墅，在新泽西，是常见的那种英国维多利亚式的老房子。二层小楼，面积不算大，被房主保养得不错，打理得很精致，最引我瞩目的是厨房，轩豁无比，大得和整幢楼都不成比例。最有意思的是，靠窗厨台前那一溜儿长长的架子上，摆满装有各种调料的瓶瓶罐罐，足有二十来种，像是排着队挤在那里等候首长检阅的仪仗队员。

朋友的妻子，就是一眼相中了这个厨房，才敲定买下这栋房子，不再跟着我的这位朋友东奔西跑无休止地看房了。房主从她望着那一溜儿调味瓶时惊讶得近乎夸张的表情中，看出她最得意的是厨房，是这一溜儿调味瓶，便在搬家前极其善解

275

人意地将这一溜儿调味瓶原封不动地留给了她。房主在和她告别拥抱的时候，对她说：我们是同好，重视的是食物的味道！她连声对房主说：是的，味道是菜品的灵魂。事后，她十分得意地把她和房主的对话告诉给我的这位朋友，觉得自己的回答特别有哲理。

确实，朋友很有福气，老婆的烹饪和学问水平齐头并进，可谓落霞与孤鹜齐飞，秋水共长天一色。她做菜的时候，再不用为找不到合适的调料而埋怨我的朋友了。

那一溜儿调味瓶，给我留下深刻的印象。我从来没有见过哪一家的厨房里摆满这么多的调味瓶。如今，像她这样喜爱厨房钟情调味瓶的女人越来越少，尤其在国内，外卖的盛行，手机微信点餐下单，很快就会收到各式餐饮，再美味的调味品，也等于厨房的油烟，让人无法宠爱，懂调味瓶的，绝对不如懂口红眼影面膜指甲油品种和牌子的人多。

五年前的秋天，我去美国，重访新泽西，打听我的这位朋友的情况，旁人告诉我：他和他老婆离婚有两年多了，他没告诉你吗？

我的这位朋友知道我来新泽西的消息，不好意思不邀请我到他家做客。去的路上，我的脑子里，首先出现的不是他和他的前妻，而是他家厨房里那一溜儿调味瓶。不知怎么搞的，我忽然想起布罗茨基拜访英国诗人奥登在奥地利避暑住的别墅，留给布罗茨基印象深刻的是那里的厨房，他这样形容：

"很大，摆满了装着香料的细颈玻璃瓶。真正的厨房图书馆。"厨房图书馆，这个比喻，真的太精彩了，他不说是书架，而说是图书馆。只有布罗茨基想得出来，夸张中的赞美之情，溢于言表。从厨房到厨房图书馆，是厨房的升级版，不是每家厨房都能够做得到的。

旧地重游，房子还是老房子。朋友又有了新的女友，暂时两地分居。缺少了女主人的料理，房子里很多地方呈现出的，不是逝去的流年碎影，而是单身汉的狼狈痕迹。我特意到那间轩豁的厨房看看，那一溜儿调味瓶一个都没有了，长长的厨台架子上，空空荡荡的，像是荒芜的草地。不用问，显然，我的这位朋友，还有他的新女友，都不钟情厨房，和调味瓶自然也就疏远了，为了扫去过去的影子，更会把它们扫地出门。

我再次想起布罗茨基的那个比喻：厨房的图书馆。没有了那一溜儿调味瓶，厨房就只是厨房，不再是图书馆了。

# 两角钱

那天下午，我去邮局寄信，人很多，大多是在附近工地干活的民工，是他们发工资的日子，在往远在千里之外的家里寄钱。

我寄了一摞子信件，最后算邮费，掏光了衣袋里所有的零钱，还差两角钱。我只好掏出一张一百元的票子，请柜台里的邮局小姐找。她没有伸手接，望了望我，面色不大好看。

我下意识弯腰又翻裤兜的时候，和一个男孩子的目光相撞。十四五岁的样子，一身尘土仆仆的工装，不用说，也是工地上的民工，跟着大人们一起来寄钱。他就站在我旁边的柜台的角上，个头才到我的肩膀，瘦小得像个豆芽菜。我发现他的眼光里流露着犹豫的眼神，抿着嘴，冲我似笑未笑的样子，有些怪怪的。而他的一只手揣在裤袋里，活塞一样来回动了几下，似掏未掏的样子，好像那里藏着刺猬一样什么扎手的东西，更让我感到奇怪。

没有，裤袋也翻遍了，确实找不出两角钱。我只好把那张一百元的票子又递了上去，小姐还是没有接，说了句：你再找找，就才两角钱还没有呀。可我确实没有啊，我有些气，和那位小姐差点儿没吵起来。

这时候，我的衣角轻轻地被拉了一下，回头一看，是那个小民工，我看见他的手从裤袋里掏了出来，手心里攥着两角钱：我这里有两角钱。说完这句外乡口音很重的话，他羞涩地脸红了。

原来刚才他一直是在想帮助我，只是有些犹豫，是怕我拒绝，还是怕两角钱有些太不值得？我接过钱，有些皱巴巴的，还带有他手心的温热，虽然只是两角钱，也是他的血汗钱。我谢谢了他。他微微地一笑，只是脸更有些发红了。真是一个可爱的孩子。

接过两角钱，小姐的脸上呈现了笑容。邮戳在信件上欢快地响了起来。

寄完信，我云附近的超市买东西，破开了那一百元的票子，有了足够的零钱。我又回到邮局里，已是落日的黄昏，不知那个孩子还在不在？如果还在，应该把钱还给他。

他还真的在那里，还站在柜台的角上。我向他走了过去，他看见了我，冲我笑了笑，因为有了那两角钱，我们成为了熟人，他的笑容让我感到一种天真的亲切，很干净透明的那种感觉。

走到他的身边，我打消了还那两角钱的念头。我不知道这样做对不对，但看到他那样地笑，总觉得他是在为自己做了一件帮助人的好事，才会这样开心。能够帮助人，而且是举手

279

之劳的事情，尤其是那个帮助看起来比自己大许多的大人，心里总会产生一种美好的感觉吧。我当时就这样想，干吗要打破孩子这样美好的感觉呢？一句谢谢，比归还两角钱，也许，更重要吧？

我轻轻地抚摸了一下他的头，问了句：还没走呀？然后，我再次郑重地向他说了声：谢谢你啊！他的脸上再次绽放出笑容。

以后，我多次去过那家邮局，再也没有见到那个孩子，但我怎么也忘不了他。他让我时时提醒自己，面对一些举手之劳的事情，能够伸出手来去帮助他人，一定要伸出手来。不过，我有时总会想，没有还给孩子那两角钱，这样做到底对不对？

今年雨特别多 RuXing 2021·8·7 云杉

# 微不足道的相逢

    1966年的秋天，我从北京到上海。那时候，流行"大串联"，学生坐火车可以不用买票。到了上海，第一站是去虹口公园看鲁迅墓。那时候，特别崇拜鲁迅，曾经囫囵吞枣读了十卷本的《鲁迅全集》，抄录了整整一大本的笔记。

    怎么那么巧，在鲁迅墓前，居然碰见了我的一位同班同学。和我一样的心情和心理，他也来拜谒鲁迅。

    高中三年，我们爱好相同，文学与文艺，让我们友谊渐生而日浓。高三毕业那年春天，我报考中央戏剧学院表演系，他报考中国音乐学院声乐系，乳燕初啼，双双通过初试和复试。相互告知后，我们是那样兴奋，跃跃欲试，恨不得一飞冲天。整整一个春天，在校园里，我们常在一起畅谈未来，几乎形影不离。未来展开美好的画卷，就像眼前校园里的鲜花盛开，芬芳伴随着我们的青春芳华。

    就在等待入学的时候，"文化大革命"爆发了。我们的友谊戛然而止。原因很简单，他高举起那时候流行的武装带（被称为板儿带），抽打在我们学校老师的身上。不爱红装爱武装，那是那个时代里不少学生流行的标准化动作。我再也不想见到他。

在鲁迅墓前，竟然狭路相逢。墓前的鲁迅雕像，仿佛活了一样，目光炯炯，正在注视着我们。一时间，我们都愣在那里，不知说什么才是。他垂下头，我也垂下了头。

我们走到鲁迅墓的广场前一棵广玉兰树下，黄昏的阳光透过繁茂的枝叶，挥洒在我们的身上，斑驳而跳跃着，迷离而凄迷。他先开了口，说他知道自己错了！他一直想找我说这句话。我看出，他是真诚的。我原谅了他。可是，从那以后，一别经年，我再也没有见过他。各自辗转插队之后，他曾经给我写过一封信，我也没有回信。

日子过得飞快，到今年转眼近五十七年过去了，虽然到过上海多次，却再也没有去过虹口公园看鲁迅墓。很多原来以为能如花岗岩一样坚固持久的感情与心情，经不住时间的磨洗，日渐稀释而风化。

偶然间，读到俄罗斯诗人阿赫玛托娃一首题为《我很少把你想起》的诗。她在开头的一段写道：

我很少把你想起，
也不迷恋你的命运，
可那微不足道的相逢，
刻在心中抹不掉的印记。

我忽然想起了 1966 年秋天的那次相逢，过去了漫长的时光，但也真的是"刻在心中抹不掉的印记"。

阿赫玛托娃在这首诗的最后一节写道：

> 我对未来施展秘密的魔法，
> 倘若黄昏天色蔚蓝，
> 我预感到第二次相逢，
> 预见那逃不开的重逢。

阿赫玛托娃的这首诗是 1913 年写的，和我的 1966 年的相逢，毫不相干，我却顽固地想起了那年鲁迅墓前的相逢，即使是微不足道的相逢，也说明虽然已经过去了五十七年，我并没有忘记我的这位中学同学。其实，也是没有忘记我自己的青春。我对未来没有任何魔法可施，也没有什么诗人魔咒般的预感，但是，我一样渴望第二次的相逢，即便很少把你想起。期待相逢时黄昏天色蔚蓝。

# 正欲清谈逢客至

一

正欲清谈逢客至，偶思小饮报花开。这是放翁的一联诗。很多年前，在一家客厅的中堂对联读到它，很喜欢，一下子记住，至今未忘。

偶思小饮报花开，是想象中的境界，正要举杯小酌，花就开了，哪儿这么巧？这不过是文学蒙太奇的笔法，诗意的渲染而已。但是，正要想能有个人一起聊聊天的时候，这个人如期而至，或不期而至，尽管不常有，总还是会出现。过去有句老话，叫作说曹操，曹操到。也有这层意思，只是没有这句诗雅致，而且，说曹操，可能只是一时说起，并没有想和曹操交谈的意思在。

正欲清谈逢客至，这样的情景，是生活温馨的时刻，是人生难得的际遇。

# 二

读高一那年，学校图书馆的高挥老师，突然来到我家。上小学以来，读书九年，没有一位老师家访。高老师是第一位。

图书馆学生借书，填写书单，由高老师找好，从窗口借给你。高老师允许我进图书馆挑书，在全校是破天荒的事情。为此，有同学和高老师大吵，说她是培养修正主义苗子。由此，我对高老师感到亲切，她比我姐姐大一岁，很想和她说说心里话，没想到她突然出现在我家的时候，竟然说不出什么话来了。

高老师知道我爱看书，特意到家来看我。她不是我的班主任，没有家访的任务。当然，也不是家访。家访不会让我感到那样亲切，想让我和她说好多的话。

在窄小的家里，她看到我仅有的几本书，塞在一个只有二层的小破鞋箱上，委屈地挤在墙角，当时并没有说活。五十多年过后，前几年，我见到她，她才对我说起。我知道日后她破例打开图书馆有百年历史藏书的仓库，让我进里面挑书；我去北大荒前，从她手里借的好几本书再未归还；都和这个小破鞋箱有关。

# 三

父亲去世后，我从北大荒困退回北京，待业在家，无聊至极，整天憋在小屋里。

一天，有一个小姑娘来我家，她是邻居家的小孩，叫小洁，六岁，还没有上学。她手里拿着一本硬皮精装的书，把书递给我，打开一看，里面夹着的都是花花绿绿的玻璃糖纸。她从书里拿出几张不同颜色的玻璃糖纸，对我说：你把糖纸放在你的眼睛上，能看到不同颜色的太阳！然后问我：好玩吧？

我问她，你怎么有这么多的糖纸呀？她一仰头说：攒的呀！我爸我妈过年给我买好多糖，吃完糖，我把糖纸都夹在这本书里了。说着，她让我看她的这些宝贝，书里面好多页之间夹着一张或两张玻璃糖纸，都快把整本书夹满。每张糖纸的颜色和图案都不一样，花团锦簇，非常好看。我认真地一页一页地翻，一页一页地看，从头看到尾。

好多天，她都跑到我家，和我一起翻这本书，看糖纸，还不住指着糖纸问我，这种糖你吃过吗？我逗她摇头说：没吃过。她就说等下次我妈再给我买，我拿一块给你尝尝。

几年以后，我搬家离开大院前，小洁跑到我家，要把这本夹满糖纸的书送给我。我连忙推辞。她却很坚决：我爸我妈总给我买糖，我的玻璃糖纸多的是！再说，我看出来了，你喜欢这本书里的诗。说完，她俏皮地冲我诡谲一笑。

这是一本诗集，书名叫《祖国颂》，中国青年出版社出的。

## 四

父亲是清早到前门楼子后面的小花园里打太极拳，一个跟头倒下，突然走的。那时，我在北大荒，弟弟在青海，姐姐在内蒙古，家里只有母亲一个人，孤苦伶仃，束手无策，正想找个人商量一下怎么办理父亲的后事，焦急万分得没着没落。就是这么巧，老朱恰逢其时地出现在我的家里。

老朱是我的中学同学，一起到北大荒同一个生产队。他回北京休探亲假，假期已满，买好第二天回北大荒的火车票，临离开北京前到我家来，本是想问问家里给我带什么东西，没有想到母亲一把抓住他的手，面对的是母亲泪花汪汪的老眼。老朱安慰母亲之后，立刻到火车站退了车票，回来帮助母亲料理父亲的后事，一直等到我从北大荒赶回北京。

是的，这一次，不是我在家里正欲清谈而恰逢客至，是我的母亲，是比清谈更需要有人到来的鼎力相助。那一天，老朱如同从天而降突然出现在母亲的面前，现在回想起来，简直是比书中或电影里的巧合还要不可思议。但是，就是这样：一触即发之际，才显示客至时情感的含义；雪中送炭，才让人感到客至时价值的分量；心有灵犀，才是放翁这句诗"正欲清谈逢客至"的灵魂所在。

# 芝加哥奇遇

那天，去芝加哥交响大厅听他们演奏海顿的大提琴音乐会，在芝加哥大学前的海德公园那站赶公共汽车，紧赶慢赶，还是眼睁睁着车门旁若无人般"砰"的一声关上，车屁股冒出一股白烟跑走了。只好等下一辆，心里多少有些懊恼。就在这时候，慢悠悠地走过来一位老太太，满头银发，身板挺括，精神矍铄。

等车的只有我和老太太，闲来无事，便和老太太聊起天，偏巧老太太也是爱说的人，一起打发漫长的等车时间。老太太是德国人，丈夫研究生物学，在芝加哥大学当教授，后来又当了系主任。老太太便落地生根一般，一直住在了芝加哥，再没有动窝。

一边听着，心里一边暗暗算着，老太太得有多大年纪了？起码有八十多岁了。可看老太太的样子，哪里像呀。尽管一般不问外国女人的年龄，我心里的疑问还是忍不住地问出了口。老太太的回答，让我叹为观止，老天，她竟然整整九十岁了，这简直有点儿像是老树成精了。

她看出来我的惊讶，我忙说没想到您的身体保养得这样好。她笑着摆摆手说，不是保养，是常常听音乐会的结果。

　　原来，我们是同道，都是去听芝加哥交响乐团的海顿大提琴音乐会。一下子，涌出同是天涯爱乐人，相逢何必曾相识的感觉。心里一个劲儿地想，这个世界上还有几个九十岁的老太太，能够有如此的兴致，身板如此硬朗，大老远地挤公共汽车去听一场音乐会？不敢说是绝无仅有的奇迹，也实在是难得一遇的奇遇。

　　车一直没有来，让我们多了一些交谈的机会。我知道了，老太太一生中最大的爱好就是音乐，芝加哥交响乐团是陪伴她半个世纪的朋友，从库贝利克到索尔蒂到巴伦博依姆，几任指挥走马灯一样轮换，她对乐团却葵花向阳一般始终如一，每年在它的演出季里挑选自己钟爱的音乐会，挤公共汽车去听，是她这些年的坚持。听到这里，我对老太太肃然起敬，无论什么事情，能够坚持这么长时间，在人生的长河里，能随着时间一直流淌至今，即使串不起一串珍珠，也串起了属于自己最珍贵的记忆。尤其到了老太太这样的年纪，人和人之间显现出来的差别，不在于地位、房产或儿孙的荣耀，除了身体，最主要的就是能够拥有属于自己的回忆，这是一笔无人企及的最大财富。

　　车来了，我要搀扶她，她却很硬朗地一个人上了车。这一晚的音乐会，是我听过的音乐会中最奇特的一次。因为有了老太太奇特年龄和奇特经历的加入，就像在乐谱里加入了奇特的配器，在乐队里加入了奇特的乐器一样，让海顿的大提琴多了一层与众不同的韵味。特别是觉得低沉的大提琴，多么像是一位饱经沧桑却又保持一腔幽怀的老人。

秋天的林间小溪　　　　FuXiNG　　　　2023.6.13.

# 佛罗里达小记

　　儿子一家到佛罗里达玩。6 月的天，还不太热，车子开进一个州立公园，一辆车只要购买一张五美元的门票，就可以长驱直入。开进公园不远，看见一片沙滩，蔚蓝的大海近在眼前了。

　　沙滩耀眼，海风习习，高高的椰林，还有星星点点的红花绿草。阳光下，迷离闪烁，风景不错。他们停在沙滩前照相，不远处走过来一家三口，显然，也是来玩的。这一家白人年龄都不算小，最小的大概五十上下，应该是女儿，老头老太太七十多或者八十岁了，两鬓飞霜，走路有些蹒跚了。

　　就见这个女儿向他们走来，走到身边，热情地说：我帮你们全家照张相吧！

　　美国人一般都很热情，特别是看见一家人或一对情侣在照相，愿意主动帮忙，成人之美。

　　公园本来就大，疫情闹的，游人稀少，更是难得相见。平常日子里，人和人之间面对面地交流，便也越发稀少，很多都是在网上或手机微信中交流了。这样的日子里，更很少和外界尤其是陌生人交流。走过来这个女人热情的话，让他感到亲切，他说了句谢谢，把手机递给这个女人。

女人替他全家照完相，儿子投桃报李对她说：我给你全家也照张相吧！

好啊！女人高兴地说，把手机递给儿子。

手机上出现了这一家三口，微笑着，背后是金色的沙滩、蓝色的大海、高高的椰林，还有叫不出名字的星星点点的小红花，一闪一闪，像跳跃着好多小精灵。

照完相，女儿走过来，从儿子手里接过手机时，有些兴奋地对他说：昨天是我五十岁的生日。每年过完生日的第二天，爸爸妈妈都会和我一起到这里来照张相，这是我的第五十张照片！

然后，她又说：今天还怕公园里见不到人呢，正好遇见了你！

电话里，听完儿子的讲述，我很感动。五十年，不是每一个人都有这样的坚持。这不仅需要做孩子的你一个人的坚持，还需要你的父母的坚持。这不仅需要坚持，更需要一家人的心心相印，才会让亲情如水贯通，潺潺流淌过五十年的时光，让五十张照片伴随岁月一起久长。哪怕是再不如意的生活，也有了属于自己的姿态、自己的纪念。

我忽然想起在美国黄石公园发生过的一件事情。那里有一个很深的深谷，年轻力壮的人，上下一个来回，也得需要大半天的时间。一位父亲从年轻时每年生日那一天都要来这里一次，下到这个深谷的谷底，然后再爬上来，这是他给自己每年生日的一份独有的纪念。这一年，父亲老了，实在无法再在深谷中爬上爬下了。但是，他依然来到了这里，他的儿子跟着他也来到了这里。父亲无法上下深谷了，儿子替他到深谷中来回一次。生命的轮回，在坚持中、在亲情中呈现。

我问儿子还记得这件事吗，他听后没有说话。我知道，他和我一样感动。这件事，是十多年前，他第一次去黄石亲眼看到，告诉我的。

# 总有一些瞬间温暖远去的曾经

1968 年 7 月，我离开北京到北大荒下火车的地方，叫福利屯。这是我国北方东北方向最偏远的一个火车站了。

这是一个豌豆公主那样小的小镇，却是一个古镇。火车站也是老站，伪满时期就有了。记得下火车是黄昏时分，这里夏日的风，已经没有北京那样燥热，而有些清爽湿润的感觉，因为不远处便是松花江。落日迟迟不肯垂落，漫天的晚霞，烧得红云如火，在西天肆意挥洒。

以后，我们每一次回北京，从北京再回北大荒，都得从这里上车下车。福利屯，成为我们生命旅程中必不可少的一个节点，绿皮车厢，硬木车座，火车头喷吐的浓烟，成为青春时节记忆飘散不去的象征。只是那时候我们站在这夏日黄昏的清风中，不知道未来迎接我们的命运是什么，吃凉不管酸，一腔空荡荡的豪情。

今年 7 月，我去北大荒五十五年的日子里，将这样的感慨微信发给了当年插队的同学，其中到吉林一个叫新发屯农村插队的同学立刻回信说：你偶思的福利屯，我似乎并不陌生，五十多年前，你有信中说"车过福利屯，上车后给你的信尚未写完……"年华如此匆匆而过，你的诗令我感到仿佛如昨日。

她的这话，让我很感动，五十多年前的一封信，谁还会能记住？她在遥远的新发屯，从来没有来过福利屯，福利屯不是新发屯，过去了五十多年，怎么可能记住福利屯这个那么小那么偏僻的地名？

我回复她，感谢她。她回信说：回忆中，总有一些瞬间，能温暖整个远去的曾经。

这话说得有点儿欧化，但她说的这意思真好。那时候，我爱写信，似乎很多知青都爱写信。这种传统古典的方式，特别适合风流云散的知青朋友之间抒发那个时代大而无当又缠绵自恋的情怀。她所说的车过福利屯还趴在火车上写信的情景，只能发生在那时的青春季节里。尽管生活艰苦，命运动荡，心里还是充盈着似是而非未可知的希望，如同车窗外如流萤一般飞驰而过的灯火，总还在眼前闪闪烁烁。那时候，正偷偷看托尔斯泰的《安娜·卡列尼娜》，总恍惚地以为火车头喷吐的浓烟过后，露出的是安娜一张漂亮成熟的脸庞。

我已经记不得信里写的都是些什么了，但一封五十多年前普通的信还能被人记住，也是极其罕见的事情了。在颠簸的绿皮硬座车厢里写那些似是而非的信的情景，如今可以成为一幅感动我们自己的画了。她说得对，起码在那一瞬间，感动过我们自己，觉得信中那些即便空洞的话也慰藉我们彼此，觉得在缥缈的前方会有什么事情可能发生，即使什么也没有发生，或者发生的并不是我们所预期的。火车头喷吐的浓烟过后，并没有出现漂亮的安娜，而不过是卡西莫多。

是的！回忆中，总有一些瞬间，能温暖远去的曾经。她的话，让我想起了另一个和福利屯相关的瞬间。有一次，我从福利屯上了火车，车驶出站台，开出不一会儿，车头响起一阵响亮的汽笛。起初，我没怎么在意，以为前面有路口或是会车而必需的鸣笛。后来，我发现并没有任何情况，列车在一马平川的原野上奔驰。为什么要在这时候鸣笛？我把这个疑问抛给了正给我验票的一个女列车员。她一听就笑了，反问我："你刚才没看见外面的一片白桦林吗？"我看见了，白桦林前还有一泓透明的湖泊。难道就是为了这个而鸣笛？年轻的女列车员点头说："就为了这个，我们的司机师傅就喜欢这片白桦林。"

下一次，火车驶出福利屯，经过这片白桦林时，透过车窗，我特意看了一下，发现是很漂亮的风景，白桦林的倒影映在湖水中，拉长了影子，更加亭亭玉立。火车经过这里不过半分多钟，一闪而过，车头正响起响亮的汽笛，缭绕的白烟拂过，在那个落日熔金的黄昏，定格为一幅如列维坦一样的油画。

总有一些瞬间，能温暖远去的曾经。

福利屯！

# 没有一丝风

那年冬天，我寄居天津，突然接到一个电话。是个女人打来的，声音很陌生，不知何人，便问，她笑着让我猜。我猜不出，她笑得更响，说出了她的名字，但这个名字依然让我想不起她是谁。她接着说：您真是贵人多忘事，您忘了，当年咱们二队小学里排练《红灯记》，我演的李铁梅呀！

李铁梅！我一下子想起来了，她是二队车老板的那个小丫头呀！那时候，我在队上的小学里教书，队上的头头心血来潮，非要让学生排练《红灯记》，还是整出的《红灯记》，就找到我，说：听说你是考上戏曲学院的，这任务对你是小菜一碟了！我跟他解释不清戏剧学院和戏曲学院是两码子事，只好赶鸭子上架。之所以找她来演李铁梅，是看她长着一条长辫子，别的女孩子没有，没有长辫子，还是李铁梅吗？这么着，她被我赶鸭子上架，演了李铁梅。那时候，她上五年级，长得白白净净，挺好看的。

拍戏，比上课要好玩，这帮聪明的孩子的潜力被挖掘出来，连打带闹，连玩带演，最后的演出，还真有那么点儿意思。北大荒，地僻人稀，有一帮小孩演《红灯记》，人们都看个新奇，便到各队演出，看得大家哈哈大笑。她人长得俊俏，嗓子也不错，演的李铁梅最出彩，特别受欢迎。

我回到北京有十多年了，再也没有见过她，不知道她从哪里找到电话号码，联系上了我，更不知道她找我有什么事情。她没有回答我的这些问题，先问我天津的地址，说："我现在在北京呢。马上上火车站买票去天津，您等着我啊！"

那时，我住在老丈人家，地方挤，不方便，便和她约在宁园。这是袁世凯时代建的一座公园，别看公园不算大，却有皇家园林风格，亭台湖泊，长廊水榭，很是幽静。这里紧靠着天津北站，下了火车一拐弯儿就是。到时已经快中午，她一眼认出我，我几乎认不出来她，个子长得高高的，眉眼似乎更漂亮，一身枣红色的呢子大衣，装扮和城里姑娘一样，看不出当年柴火妞一点儿影子了。真的是女大十八变。想想，那一年，她也就二十五六的样子。

快到饭点儿了，那时候，宁园有家餐厅，就在水榭里，我请她到那里吃饭，顺便聊起这十多年的经历，才知道我离开北大荒后，她从二队调到农场的宣传队演节目。以前演李铁梅的经历，成为她晋级的资本。在宣传队里，她和打扬琴的上海知青恋爱。她坦率地告诉我是她追的人家，她就是想离开北大荒到大城市去。她快言快语，可真是有意思的人，在二队教她的时候，排练《红灯记》的时候，是个挺腼腆的小丫头呢。

吃饭的时候，她要了点儿白酒，边喝边对我说："如果不是您让我演李铁梅，我可能永远是二队的柴火妞，早嫁人了，跟我妈一样，生一堆孩子，过一辈子。我一直都特别感谢您，可惜，您走得太早，我总也联系不上您！这次来北京，我说什么也得找到您！没有您，就没有我的今天！"我说你这话说得过了，让你演李铁梅，是因为你长着一条长辫子。她一摆手，说："别管当初因为什么，反正现在我来到北京，又来到天津，过两天再去上海，都是大城市吧？不是您当初让我演李铁梅，我一辈子都去不了这些地方！这是我的心里话，我找您，就是想对您说我的这句心里话。"

沿着宁园的湖边，我们边走边聊，一个小丫头化蛹为蝶，我很为她高兴。她终于和上海知青花好月圆，在上海知青调回上海前结了婚，只是她的户口还无法办到上海，只能这样每年一次探亲假，两地跑着。不过，总是万里长征迈出了关键的第一步。冬天的宁园，人很少，非常安静，没有一丝风，湖边柳树的枯枝一动不动，像画上的一样。如果有风，哪怕是小风，冬天就会显得冷，风像是温度的催化剂，风越大，天气越冷。没有一丝风，冷似乎隐去，可以忽略不计，站在阳光下，暖和得像春天。望着她青春洋溢的脸庞，我祝福她。

一晃，过去了三十多年，再没有见过她，也一直没有她的音讯。前两天，忽然传来她去世的消息。我很是惊讶，算一算，她应该六十岁开外，忙打听是什么病？是胃癌。和上海知青分居两地，好多年没有调到一起，吵吵闹闹，最后离婚。这是她的病的根本原因。其实，如果再坚持一两年，调动也就成了。命运到底没有成全她。李铁梅的长辫子！如果不是我找她演李铁梅，她会有这样的命运吗？即使作为柴火妞，起码现在会好好地活着。不知道，我当年偶然的举动，是帮了她，还是是害了她？

总想起三十多年前冬天的宁园，没有一丝风，站在阳光下，那样暖，暖得让我们都相信好像是春天。

春日街头

Fuxing 2023. 3. 26.

# 花园大院

北京胡同的名字很有意思，有的土得掉渣儿，比如狗尾巴胡同、粪场大院；有的很雅，像百花深处、什锦花园、芳草地、杏花天。花园大院，就是这样一条有着好听名字的老胡同。

花园大院，在石碑胡同旁边，东临天安门，背靠前门大街，离我家不远，过前门楼子，穿过天安门广场，走着就可以到。第一次到那里去，是母亲去世之后那一年的春节。那时，我快六岁了。去那里，是因为那里有崔大叔崔大婶家。崔大叔和我父亲是税务局的同事，崔大婶和我生母是河南信阳的老乡，两人从小一起长大，两家自然很熟。

那一年春节去崔家，一路上，父亲嘱咐我和弟弟进了崔家的门要先鞠躬拜年，一遍又一遍地教我说什么，怎么说。那时候，我内向得很，也自卑得很，非常害怕当着外人的面说话。

那是一条闹中取静的胡同，胡同尽头，大门朝东，就是他们家。门前有棵老槐树，春节去拜年时，老槐树疏枝横斜。进了大门，是一个开阔的院子，房子围成半圆形。走进屋子，木地板，水泥磨花吊顶，典型的西式样子，更是和我家住的房子不同。这样的陌生感，加剧了我的紧张，见了崔大叔和崔大婶，尽管父亲一再催促着我叫人，我却更不敢张口了。

崔大婶嗔怪地对父亲说道：孩子脸皮薄，不叫就不叫吧，别逼孩子啦！

崔大叔在一旁听了呵呵笑着也劝父亲。

那是崔大婶和崔大叔给我的第一印象。

后来，常去崔大叔和崔大婶家，如果是夏天，门前那棵老槐树下，一地槐花如雪。在北京，我家没有一个亲戚，我愿意去他们家，特别是崔大婶待我很亲，总会让我涌出一种家的感觉，她那带有信阳口音的话语，常让我想我母亲说话的时候是不是也是这样子呀！

每一次去，崔大婶总会留下我，给我做好吃的。有时候，她拉着我的手，爱抚地对我说：你娘要是活着该多好啊！看你长得都这么大，这么懂事了！说着，她会忍不住掉下眼泪。

1970 年的冬天。我到北大荒两年多之后第一次回北京探亲，自然要先去崔大叔崔大婶家。从我进门到落座，崔大婶的目光一直落在我的腿上。我穿的棉裤厚厚的，笨重得很，棉花赶毡都臃在一起，让她笑话了吧？崔大婶没说什么。临离开北京要回北大荒之前，我去崔大婶家告别，她拿出一条早已经做好的棉裤，让我换上。仿佛要和我穿的这条笨拙的棉裤故意做对比似的，那条棉裤又薄又轻。我对崔大婶说：北大荒冷，我穿不上这个！崔大婶笑着对我说：傻孩子，这是丝绵裤，比你身上穿的暖和多了！快换上，北大荒天寒地冻的，别冻坏了，闹成了寒腿，可是一辈子的事。

这是崔大婶为我特意做的一条丝绵裤，这是我这一辈子穿的第一条也是唯一一条丝绵裤。那棉裤做得特别好，由于里面絮的是丝绵，又暄腾，又轻巧，针脚分外细密。我换上这条丝绵裤，感动得很，一再感谢她，夸她的手艺好。她叹口气说：你亲娘要是还活着，她比我做活儿好，还要细呢！她说这番话的时候，让我从她的眼睛里能够看到对往昔的一种回忆，也让我看到只有作为母亲才有的一种慈爱之情。

如今，花园大院已经没有了。建国家大剧院，花园大院拆迁，崔大婶一家分到了玉蜓桥边高层楼房里的一套单元房。

很多地方，很多亲人，很多时光，都不在了。那条丝绵裤，还埋在我家的箱底。偶然翻箱子时看见它，心里会很感伤。几年前冬天，在美国布卢明顿孩子家，读到一本《徐渭集》，看到里面的一首诗："黄金小钮茜衫湿，绣褶犹存举案痕。开匣不知双泪下，满庭积雪一灯昏。"诗中的衣衫，是徐渭亡妻的。但不知为什么，一下子让我想起崔大婶给我做的那条丝绵裤。我抄下这首诗，竟也泪眼蒙眬。那一晚，布卢明顿不仅也是积雪满庭，而且，雪一直在下，纷纷下了一夜。

# 脆弱的朝珠

　　读中学时认识一位朋友，她的父亲是位珠宝商，英年早逝。小时候，父亲曾给她一个朝珠，不大，玉的，有一小孔，眼睛对准它看，里面竟然有一尊佛像，活灵活现，甚为神奇。只有这样一个小小的孔，那尊佛像是怎么雕刻进去的呢？她百思不得其解，视为珍宝，尤其是父亲过世之后，更是将其视为父亲留给自己的一份爱。

　　可惜，这个珍贵的朝珠，被她不小心弄丢了。一晃，这已经是五六十年前的事情了。

　　前些天，她忽然微信发我两张照片，各是一串珠串，下坠一枚圆珠，圆珠下垂着红线绳坠。她问我知道为什么要发我这两张照片吗？

　　疫情闹腾了快三年，彼此没有见过面；很长时间了，也未有联系。突如其来的这两张照片，看得我一头雾水，我说不明白什么意思。她立刻问我，还记得我以前对你说过我父亲送我的那个朝珠吗？我说记得呀。她告诉我前些日子，网上一次日本回流国内物品拍卖会上，看见了这照片，一眼觉得和父亲给她的那个朝珠相似，当场竞拍下来。果如所料，从小孔看，里面有一尊佛像。不过，现在看，不过是微雕技术。

这话说得感情有些复杂，五六十年过去，前后是童年和暮年惊心甚至是残酷的对比。我对她说，如果仅仅是这样，没有了童年的神秘和想象，意思就大不一样了。她回答说，是啊！

一直到这里，我们的线上对话，还是正常的。紧接着，我说了这样一句话：失而复得的事和梦，我是不会去做的。我的意思，是想说过去的事情毕竟已经过去了，存在记忆里要好，毕竟此珠已非彼珠。我曾经不止一次说过：花落在地上，是不会像鸟一样重新飞上枝头的。没有想到，这样一句话，她不高兴了，立刻回复我说，这是一份父爱，我就这样做了，我愿意。

话不投机，交谈戛然而止。几十年的友情，因为一个朝珠，产生了隔膜。

检点一下，尽管知道朝珠的经历，它与她至今所维系的父爱之情，毕竟没有那么感同身受。每个人对感情对生活的感受与处理方式不尽相同。我不应该以自己的方式说人家，并要求人家认同，说得有些隔岸观火，自以为是，轻飘飘了。

由此想到友情。人生三种感情：亲情、爱情和友情。亲情，尽管有因房产或遗产会反目为仇；毕竟连着血脉，打断骨头连着筋，牢靠于爱情和友情。爱情，出乎激情，充满想象，更有肌肤相亲；不过，激情易退，想象易失，肌肤相亲易老，更多有生活琐碎的摩擦与淘洗，并受制于婚姻的约束，在时间流逝中花容失色，是正常的。友情，则因没有血脉与婚姻的维系或约束，没有生活一地鸡毛琐碎的缠裹与利益的纠葛，更显得纯粹，而让人感动并感慨。当然，这里指的是亚里士多德所讲的"最完美的友情"。

不过，在亲情、爱情和友情三种感情中，友情没有血脉天然的维系，也没有婚姻契约的约束，更自由、更松散，也更脆弱，常会不知所终，中途夭折；或渐行渐远，无疾而终。有管宁割席无奈的友情，也有克利斯朵夫和奥利维动人的友情，前者让人对友情悲观，即罗曼·罗兰说世上真正的朋友不会超过一两个；后者把友情美化如一天云锦，殊不知，晚霞所织就的一天云锦散后，就是暮色沉沉。

孔子在论述友情时讲"直、谅、多闻"三点。直，需要节制，有边界，并非无话不谈。如果漫延出边界，不因自己的直而要求别人的谅。谅，因他人的直而要求自己能够有所谅。这样的直与谅，才会让友情持久。多闻，属于后天所得；直与谅，则更多属于天生的性格与性情所致。能够拥有长久友情，直与谅，更为重要。

这样的直与谅，需要友情保持一定的距离。过于密切，幻想如亲情和爱情一样亲密无间，友情便容易夭折。亲情，是从娘胎里流淌出的血液；爱情，是一天天琐碎日子里脚上走出来的泡。友情，缺少了直、谅与距离，则很容易如脆弱的朝珠。

# 记不住的日子

作家愿意语出惊人。马尔克斯说："记得住的日子才是生活。"这话说得有些苛刻，也有些绝对。起码，我是不大信服的。

记得住的日子才是生活，那么，记不住的日子就不是生活了吗？不是生活，又是什么呢？显然，马尔克斯所说记得住的日子，是指那些不仅有意思甚至是有意义的日子，可以回味，乃至省思，甚至启人。他将生活升华，而和日子对立起来，让日子分出等级。

细想一下，如我这样庸常人的一辈子，所过的日子就是庸常的，不可能都记不住，也不可能都记住。而且，记得住的，总会是少于记不住的。马尔克斯将记得住的日子当成一杯可以品味的咖啡或葡萄酒。普通人乃至比普通人更弱的贫寒人的日子，只能是一杯白水。

人的记忆就像筛子，总要筛下一些。筛下的，有一些，确实是鸡零狗碎，一地鸡毛，但其中一些不见得比记住的更没有意义，没有价值，只是不愿意再像磐石一样压迫在心里，而有意识或无意识地让它们尘逐马去，烟随风散。人需要自我消化，让心理平衡，才能让日子过得平衡。这是记忆的能量守恒定律，是生活的严酷哲学。用老百姓的话说，就是拿得起，放得下。所谓拿，就是记得住；放，则是那些没必要记住的事情吧。

在北大荒的时候，我见过一位守林老人。我们农场边上，靠近七星河南岸，有一片原始次森林。老人在那里守林守了一辈子。他住在林子里的一座木刻楞房中，我们冬天去七星河修水利的路上，必要路过那座木刻楞，常会进去，烤烤火，喝口热水，吃吃他的冻酸梨，逗逗他养的一只老猫，和他说会儿闲话。他话不多，大多时候，只是听我们说。附近的村子叫底窑，清朝时是烧窑制砖的老村，那里的人们都知道老人的经历，从前清到日本鬼子入侵，前后几个朝代，是受了不少苦的，一辈子孤苦伶仃一个人，守着一只老猫和一片老林子过活。

我一直对老人很好奇，但是，你问他什么，他都是笑笑摇摇头。后来，我调到宣传队写节目，有一段时间，专门住在底窑，每天和老人泡在一起，心想总能问出点儿什么，好写出个新颖些的忆苦思甜之类的节目。可是，他依然什么也没有对我说。不说，不等于没记住，只是不愿意说罢了。我这样揣测。和老人告别，是个春雪消融的黄昏，他对我说：不是不愿意对你唠，真的是记不住了。我不大相信。他望着我疑惑的眼神，又说：孩子，不是啥事都记住就好，要是都记住了，我能活到现在？这是他对我说得最多的一次话。

守林老人的话，说实在的，当时我并没有完全听懂。五十多年过后，看到马尔克斯的这句话，忽然想起了守林老人，觉得记忆这玩意儿，对于作家来说，是一笔财富，记得住的东西，都可以化为妙笔生花的文字。对于历尽沧桑苦难的普通人来说，记得住的东西越多，恐怕真的难以熬过那漫长而跌宕的人生。我读中学的时候，经常引用列宁的一句话叫作"忘记过去，就意味着背叛"。其实，对于普通人而言，过去要是真的都记住了，过去的暗影会压迫今天的日子，也可以说是今天的生活，会如梦魇般缠绕身边不止，也是可怕的。

　　前些日子，读到英国诗人莎拉·蒂斯代尔的一首题为《忘掉它》的短诗，其中有这样几句："忘掉它，永远永远。/时间是良友，它会使我们变成老年。/如果有人问起，就说已经忘记，/在很早，很早的往昔/像花，像火像静静的足音，在早被遗忘的雪里。"觉得诗写的就是这位守林老人。

　　生活和日子，对于普通人，是一个意思。有学问的人将"一"写成美术体的阿拉伯数字1，或者法文 UN 英语 ONE，不过是居高临下唬人而已。记得住的日子，是生活；记不住的日子，也是生活。实在是没有必要给生活镀上一层金边，让日子化蛹成蝶，翩翩起飞。